LES

PETITS PATÉS

DE MENZIKOFF

OU

LES DANGERS DE LA RICHESSE

IMITÉ DE L'ALLEMAND DE GUSTAVE NIERITZ

PAR

ALFRED D'AVELINE

TOURS

ALFRED MAME ET FILS

ÉDITEURS

BIBLIOTHÈQUE

DE LA JEUNESSE CHRÉTIENNE

COLLECTION NOUVELLE

FORMAT GRAND IN-8° — 3e SÉRIE

CHAQUE VOLUME EST ORNÉ D'UNE GRAVURE

ADRIENNE, ou les conseils d'une institutrice, par Mme Alida de Savignac.

COLONIES FRANÇAISES (HISTOIRE DES) et des Établissements français en Amérique, en Afrique, en Asie et en Océanie, par J.-J.-E. Roy. Nouvelle édition revue et complétée.

CONFIDENCES DE DICK ET D'AZOR (LES), par Anaïs Fillastre.

DÉLASSEMENTS INSTRUCTIFS, par M. Arthur Mangin. Nouvelle édition entièrement refondue et mise au courant des plus récentes découvertes de la science.

DEUX PIGEONS (LES), par Mme Francis Nettement.

HISTOIRES INSTRUCTIVES, par M. de Chavannes.

HOMMES CÉLÈBRES DE LA FRANCE (LES), par M. d'Exauvillez.

PETITS PATÉS DE MENZIKOFF (LES), ou les dangers de la richesse, par Alfred d'Aveline.

PIÉTÉ FILIALE ET FRATERNELLE, par F. P. B.

POLOGNE (HISTOIRE DE), par M. de Marlès.

PORTEFEUILLE D'UN VOYAGEUR (LE), par Bénédict-Henry Révoil

PORTUGAL (HISTOIRE DE), par M. de Marlès.

Tours. — Imprimerie Mame.

LES

PETITS PATÉS

DE MENZIKOFF

Sans dire le moindre mot, le favori se leva de son siége, pitoyable image d'un criminel debout devant son juge.

LES

PETITS PATÉS DE MENZIKOFF

OU

LES DANGERS DE LA RICHESSE

IMITÉ DE L'ALLEMAND DE GUSTAVE NIERITZ

PAR

ALFRED D'AVELINE

TOURS

ALFRED MAME ET FILS, ÉDITEURS

M DCCC LXXVII

LES

PETITS PATÉS

DE MENZIKOFF

CHAPITRE I

LE GARÇON PATISSIER

« Achetez, achetez ! Voici des petits pâtés tout chauds ! Achetez des petits pâtés de Paris avant qu'ils se refroidissent. »

C'est en criant ces mots qu'un jeune garçon d'environ seize ans parcourait les rues de Moscou, capitale de l'empire de Russie, et sollicitait la nombreuse clientèle à qui sa voix sonore était connue depuis longtemps. Il portait sur le ventre une énorme corbeille plate, assurée à ses deux épaules au moyen de bretelles de cuir et recouverte d'une serviette éblouissante de blancheur. En poussant ces cris monotones et sonores, il promenait les yeux autour de lui, et les levait plus fréquemment encore vers les fenêtres des grands palais, comme pour épier les signes que l'un ou l'autre friand pourrait lui adresser pour l'engager à approcher. Il ne faut donc pas s'étonner que, dans un de ces moments, une bande de soldats appartenant à cette turbulente garde du corps que les Russes désignaient autrefois par le nom de *strélitz*, et marchant bras dessus bras dessous pour se prêter un mutuel appui, — car l'ivresse les faisait tous chanceler, — enveloppât tout à coup le marchand de pâtés.

« Holà ! s'écrièrent-ils d'une voix singulièrement embarrassée. Regarde donc devant toi, petit drôle. Tu veux donc nous enfoncer la poitrine avec ton panier? Qu'as-tu donc là dedans? Montre-nous cela. »

En même temps quatre ou cinq d'entre eux avancèrent la main et tentèrent d'enlever la serviette qui recouvrait les pâtés. Mais le jeune garçon leur résista de toutes ses forces; car il avait lieu de craindre que sa marchandise ne fût confisquée et ne disparût dans l'estomac des soldats ivres sans qu'aucun d'eux songeât à la payer.

« Cessez, cessez au nom du ciel! exclama-t-il de son côté. Ces pâtés ne sont pas cuits pour vous. Ils sont destinés au gracieux czar Pierre, au czar, vous dis-je, et chacun d'eux coûte un rouble d'argent.

— Peu m'importe qu'ils soient destinés à la princesse Sophie, au czar Ivan ou à Pierre, répondit un des strélitz en faisant une grimace qui simulait un sourire. Ce n'est pas un motif pour me faire craindre qu'ils ne nous donnent la colique; car nous voulons savoir aussi quel est le goût de cette marchandise-là. »

Le jeune marchand n'en continuait pas moins à défendre vaillamment son panier contre les attaques des soldats chancelants, et il ne cessait de crier que les pâtés étaient destinés au czar Pierre. Cependant un moment vint où il eût fini par succomber sous le nombre des assaillants, s'il n'avait appelé au secours et si un officier qui survint précisément ne se fût approché.

« Que se passe-t-il ici? » demanda-t-il aux soldats d'une voix rude et menaçante.

Mais, sans prendre le temps de lui répondre, ceux-ci, effrayés à l'aspect du brillant uniforme de leur interlocuteur, s'empressèrent de reculer et opérèrent leur retraite aussi vite qu'ils purent.

« Qu'avais-tu donc à démêler avec les strélitz ? » demanda l'officier au jeune garçon, qui, tout pourpre et essoufflé par la lutte qu'il venait de soutenir, levait la serviette de son panier pour s'assurer si ses pâtés étaient sortis sains et saufs de la bagarre.

Il paraissait tellement préoccupé de cette inspection, qu'il ne leva pas même les yeux et qu'il répondit machinalement :

« Hé ! les goujats voulaient s'emparer de mes pâtés.

— Mais pourquoi ne cessais-tu de crier, pendant l'attaque, le nom du czar Pierre ? reprit l'officier.

— Ma foi, ce n'était qu'une petite ruse de guerre, répliqua le jeune homme en levant cette fois, avec un sourire de reconnaissance, ses yeux étincelants vers son libérateur. Mon intention était de leur inspirer par ce nom quelque respect pour ma marchandise. Du reste, le czar Pierre est un de mes meilleurs clients ; car je lui ai déjà plus d'une fois vendu des pâtés.

— Ne va pas crier sur les toits ce que tu viens de me dire, repartit le militaire par forme de conseil. La princesse Sophie pourrait prendre en mauvaise part que tu préfères le czar Pierre à elle et au czar Ivan. Elle ne badine pas avec de pareilles choses. Ainsi sois bien prudent.

— Je ne m'inquiète point de cela, et je chante la chanson de celui qui me fait vivre, répondit le jeune pâtissier. Si la princesse Sophie achetait de ma marchandise, et qu'elle fût aussi affable envers moi que l'est le bon czar Pierre, je l'aimerais tout autant.

— Fort bien, ajouta l'officier. Songe à aimer toujours le czar Pierre. Il continuera sans doute à compter parmi tes meilleurs clients. Il dîne aujourd'hui chez le prince Lolopof. Mais qui sait si le cuisinier du prince s'entend à cuire d'aussi délicieux pâtés que les tiens ? Tu peux t'en assurer et te rendre au palais Lolopof pour offrir ta friandise. »

Sur quoi, il continua son chemin sans plus ajouter un mot.

Le jeune garçon n'eut garde de laisser tomber dans l'eau le conseil qui venait de lui être donné. Il s'en alla tout droit au palais du prince, et il se mit à crier sa marchandise sous les fenêtres, espérant qu'on lui ferait signe d'approcher. Mais personne ne fit mine de l'avoir vu ni entendu. Alors il se dirigea vers la porte, qui était entr'ouverte, pénétra résolûment dans l'immense vestibule, et, s'étant aventuré vers la région des cuisines, il poussa un petit vasistas dans lequel il avança la tête en disant à demi-voix :

« Ne m'achetez-vous pas quelques-uns de ces pâtés que le czar Pierre aime tant ? »

Le chef, entouré de ses marmitons et de ses aides, lui répondit d'une voix rude :

« Non, nous en cuisons nous-mêmes. »

Mais l'intendant du palais, qui venait précisément d'entrer dans la cuisine et d'entendre la requête du jeune garçon, lui demanda aussitôt :

« Qui donc a fait ces pâtés ? Et comment sais-tu que le czar Pierre en est si friand ?

— Ces pâtés, répliqua le jeune marchand, proviennent du célèbre pâtissier Legrain de Paris, et le czar m'en a acheté très-souvent.

— S'il en est ainsi, descends dans la cuisine et attends un moment, reprit l'intendant. Je vais le dire à mon maître. Assieds-toi sur ce banc-là en attendant que je revienne. »

Le serviteur s'éloigna, et le jeune garçon prit place sur un banc de bois disposé dans un des coins de l'officine culinaire.

Après quelques instants l'intendant revint et dit :

« Un peu de patience, mon enfant. Monseigneur cause précisément avec le czar, et il ne m'est pas permis de les troubler dans leur entretien. »

Ayant dit ces mots, il disparut de nouveau.

Le garçon pâtissier attendit longtemps et avec patience. Il

aspira pendant quelques moments avec délices le parfum agréable des mets succulents qui s'apprêtaient dans la cuisine. Mais il avait passé toute la matinée à parcourir les rues, et il se sentait passablement fatigué, surtout après la lutte qu'il venait de soutenir contre les strélitz. Le siége où il se trouvait assis était si commodément installé, que le pauvre enfant céda peu à peu au sommeil. Ses yeux se fermèrent, et ses bras s'affaissèrent, lâchant la corbeille qui contenait sa marchandise, mais qui, retenue par la double bretelle de cuir, reposait sur ses genoux.

Il était tout à fait endormi au moment où l'intendant rentra dans la cuisine. Aussitôt celui-ci fit à la dérobée un petit signe au chef, et dit en s'adressant aux marmitons et aux rôtisseurs :

« Allez immédiatement aider aux domestiques à tirer de la cave trois cents bouteilles de vin, sans quoi ils n'en viendront jamais à bout. »

Au même instant rôtisseurs et marmitons disparurent. Quand ils furent partis, l'intendant souffla mystérieusement quelques mots à l'oreille du chef. Celui-ci fit aussitôt un signe d'assentiment et répondit à voix basse :

« Mais ne vaudrait-il pas mieux que nous prissions tout doucement au garçon sa corbeille et que nous fissions l'affaire dans la chambre voisine?

— Certes non, repartit l'intendant. Cela nous prendrait trop de temps, et le garçon pourrait fort bien se réveiller avant que nous eussions fini.

— Pourtant il n'est pas nécessaire que nous saupoudrions tous les pâtés, objecta le maître queux.

— Non, non, il faut qu'ils soient tous blanchis, répliqua l'intendant; sans quoi nous serions trahis si l'on ne découvrait de poison que sur ceux qui sont destinés au czar et que les autres fussent trouvés intacts. Il faut que les soupçons ne puissent tomber que sur le garçon pâtissier et sur son maître. Il va de soi que nous ne devons faire partir d'ici le jeune homme que peu de moments avant qu'on serve ses pâtés, de crainte que l'affaire ne s'ébruite avant le moment opportun. »

Aussitôt les deux interlocuteurs s'approchèrent du jeune dormeur, soulevèrent doucement la serviette qui couvrait la corbeille et répandirent sur tous les pâtés une poudre blanche comme du sucre pilé. Après quoi, ils laissèrent retomber la serviette. L'intendant se retira, et le chef se remit devant le fourneau où il s'était tenu quelques moments auparavant. Cinq ou six secondes s'étant écoulées, il jeta lourdement dans un coin le couvercle d'un grand chaudron de cuivre, et le bruit que l'ustensile fit en tombant tira brusquement le garçon de son sommeil, de sorte que les marmitons et les aides le trouvèrent parfaitement réveillé quand ils rentrèrent dans la cuisine. L'intendant y rentra aussi pour ordonner que l'on commençât à dresser les plats. Puis, s'adressant au jeune pâtissier à haute voix et en présence de tout le monde :

« Allons, mon garçon, montre-nous ta marchandise. Le prince m'a ordonné de te prendre une douzaine de pâtés ; car il pourrait plaire au czar d'en manger quelques-uns. »

Le jeune homme tira volontiers une douzaine de pâtés de sa corbeille, et il reçut, avec le prix qu'il avait demandé, l'ordre de déguerpir au plus vite. Sans se laisser donner cet ordre deux fois, il s'en alla. Mais, arrivé à l'angle de la rue, il fit halte ; et, après avoir déposé sa corbeille à peu près vide sur une borne, il se mit à compter gaiement sa recette de la matinée.

« Un, deux, trois, quatre roubles, se dit-il à demi-voix. Cinq copeks, dix, quinze, vingt... »

Mais, s'interrompant tout à coup, il poussa un cri :

« Ah ! coquin, veux-tu bien t'en aller? Arrête ! arrête ! Mes pâtés ! »

En disant ces mots il s'élança vers un gros chien qui, alléché par l'appétissant parfum de la marchandise enfermée dans la corbeille, avait allongé le museau sous la serviette et s'était emparé d'un pâté. En moins de deux ou trois coups de dents celui-ci avait disparu dans la gueule de l'animal, qui se mit aussitôt à grogner d'une façon tellement menaçante que le pauvre garçon n'osa faire un pas de plus. Du reste, le mal était fait, et c'eût été peine perdue que de songer encore à châtier la bête. Aussi notre jeune homme prit-il le parti d'opérer au plus vite sa retraite, et se hâta-t-il de se rajuster les bretelles de son panier. Mais il ne put se consoler de la perte qu'il venait de subir.

« Hélas ! se lamentait-il, mon maître me le portera en compte, et tout mon bénéfice de la matinée est perdu. Que va dire ma pauvre mère quand elle me verra rentrer à la maison les mains vides ? Oh ! le coquin de chien ! Puisse-t-il étouffer sur place ! »

Cette malédiction peu chrétienne parut se réaliser sur le coup. En effet, l'animal restait immobile comme si ses pattes eussent été clouées au pavé. Puis il commença à se tordre, à gémir douloureusement et à faire des mouvements qui témoignaient d'une vive souffrance intérieure. Bientôt ses gémissements devinrent des hurlements lamentables, si bien que le jeune garçon ressentit une vive pitié pour la pauvre bête. Quelques passants s'étaient arrêtés pour regarder ce qui se passait; mais aucun d'eux ne put comprendre ce que le chien pouvait avoir. Cependant, à chaque seconde, les convulsions qu'il éprouvait prenaient un caractère plus violent et plus affreux.

« Tu le vois maintenant, mon pauvre camarade, lui dit le garçon pâtissier, bien mal acquis ne profite point. Le pâté que tu m'as volé fait sans doute le diable à quatre dans ton estomac.

— Ce chien a mangé du poison, » dit un des assistants, qui paraissait se connaître en matière de toxiques.

En entendant ces mots, le jeune homme sentit s'élever une pensée horrible dans son esprit. A la vérité, il avait, pendant quelque temps, dormi dans la cuisine du palais Lolopof, mais pas assez profondément pour qu'il n'eût pas remarqué le profond silence qui s'était opéré au moment où les marmitons et les aides s'en étaient allés pour aider à tirer le vin du cellier. Il avait entendu comme dans un rêve l'intendant et le maître queux chuchoter ensemble, et, bien qu'il n'eût pas compris tout ce qu'ils s'étaient dit l'un à l'autre, son oreille avait cependant saisi çà et là quelque mot suspect dont il se souvint immédiatement et qui éveilla en lui d'étranges soupçons. Au surplus, il n'ignorait pas que la grande princesse Sophie ne pouvait souffrir son frère cadet, le jeune czar Pierre, dont la supériorité intellectuelle lui portait ombrage, et qu'elle lui préférait son frère Ivan, qui, faible d'esprit et de corps, devait laisser flotter le pouvoir entre les mains de cette femme ambitieuse. Les sentiments de la princesse étaient partagés par un certain nombre de grands personnages. L'idée pouvait donc assez naturellement surgir qu'on avait tenté de faire disparaître le jeune czar par le poison : crime qui n'était pas sans exemple en Russie dans ce siècle barbare. Cette idée se fit jour, comme une sorte d'inspiration, dans l'esprit du garçon pâtissier, qui commença à trembler pour les jours de son impérial client ; car le chien venait d'expirer, et ses dernières convulsions avaient été des indices non équivoques des atroces souffrances qu'il avait endurées.

C'est d'une voix émue de crainte que le jeune homme raconta à la foule toujours grossissante des curieux comment l'animal, après avoir enlevé un pâté de sa corbeille, avait été pris du mal subit auquel il avait succombé. Il ajoutait que ses pâtés avaient tous été excellents à manger, qu'ils ne pouvaient avoir été empoisonnés que dans la cuisine du prince Lolopof, qu'on avait pu fort bien en servir au czar Pierre, et que celui-ci se trouvait peut-être en danger de mort. Il conjura, avec des larmes, les assistants d'aller prévenir le jeune czar, et d'aider à le secourir, si cela était encore possible.

Un effroyable tumulte s'éleva bientôt. La foule, qui grossissait de seconde en seconde, voulut se diriger au pas de course vers le palais Lolopof. Deux bourgeois d'une taille gigantesque enlevèrent le garçon pâtissier avec sa corbeille, et, le portant sur leurs épaules, ouvrirent la marche. Le reste des gens de la foule, s'armant de pavés et d'outils de toute espèce, jurèrent de ne pas laisser deux pierres debout l'une sur l'autre et de n'épargner aucun de ceux qu'on trouverait dans le palais, s'il était arrivé le moindre malheur au jeune czar. Mais le Ciel avait veillé sur le prince. Depuis le commencement du festin, Pierre avait entamé, contre son ordinaire, une longue conversation avec un de ses voisins. Depuis quelque temps déjà le plat qui contenait les pâtés empoisonnés se trouvait devant lui; et à plusieurs reprises son hypocrite amphitryon l'avait averti que la pâtisserie se refroidissait entièrement. Mais, chaque fois que le jeune czar se disposait à étendre la main vers le plat, une nouvelle direction de l'entretien où il s'était engagé lui faisait retirer brusquement le bras. Enfin, à la grande joie de Lolopof, Pierre prit un des pâtés et se disposa à le porter à la bouche, lorsque tout à coup les violentes rumeurs de la foule se firent entendre sous les fenêtres du palais.

« Czar Pierre! s'écriaient des centaines de voix, où donc es-tu? Montre-toi afin que nous voyions que tu es encore vivant! Apparais, apparais, notre czar aimé! Et mort aux traîtres! »

En entendant ces cris, Lolopof devint aussi pâle qu'un mort. Quant au jeune czar, il quitta brusquement son siége et s'élança vers une des fenêtres avec tous les autres convives. Quand la multitude eut vu apparaître enfin le jeune prince, un indescriptible cri de joie éclata :

« Hourra, hourra au czar Pierre! Mort aux empoisonneurs! »

Ne comprenant rien à ces menaces, le czar fit un signe de la main pour prier la foule de faire silence. Puis il demanda :

« Qu'y a-t-il donc? Que voulez-vous? »

Mais toutes les voix recommencèrent les unes à crier, les autres à raconter de quoi il s'agissait, d'autres encore à proférer des injures et des menaces; de sorte qu'il lui fut impossible de rien comprendre au motif qui pouvait avoir déterminé cette explosion de clameurs et de hurlements. En même temps il vit toute la foule désigner le garçon pâtissier, qui, tenant de ses deux mains sa corbeille de pâtés, joignait sa voix à celle de tous les autres.

Alors le czar s'adressa, en souriant, à un de ses adjudants.

« Lefort, lui dit-il, descends donc et va t'enquérir de la cause de ce tumulte. On dirait vraiment la confusion des langues. L'un crie : « Hourra ! » l'autre : « Pâtés! » un troisième : « Poison! » un quatrième : « Mort et massacre! » Il y aurait de quoi effrayer d'autres gens que nous. »

L'officier, celui-là même qui avait, une heure auparavant, délivré le garçon pâtissier des mains des strélitz, se disposa aussitôt à descendre dans la rue. Mais il rencontra dans l'escalier la tête de la colonne populaire qui venait d'envahir le palais et que précédaient les deux hercules portant sur leurs épaules le jeune marchand de pâtés.

« Mais de quoi donc peut-il s'agir? » demanda-t-il.

S'étant fait raconter les détails de tout ce qui s'était passé, il rassura la foule en lui affirmant que le czar n'avait pas touché aux pâtés empoisonnés, et l'engagea à se calmer et à se disperser. Mais la multitude ne consentit à se dissoudre qu'après qu'on eut vu Pierre retourner à son palais, et qu'il eut promis de soumettre l'affaire des pâtés à une enquête rigoureuse, et de faire punir sévèrement les coupables.

CHAPITRE II

LE COMMENCEMENT DE LA FORTUNE

Malgré la promesse du jeune czar, l'affaire fut étouffée pour toute sorte de motifs. On fit accroire au peuple qu'il n'y avait eu qu'une erreur causée par la légèreté du garçon pâtissier. Cependant le chef de cuisine et l'intendant du prince Lolopof disparurent. Le prince lui-même fut envoyé, en qualité d'ambassadeur, dans une cour étrangère ; car il fallait bien le soustraire à la vengeance du peuple, qui continuait à le soupçonner d'un attentat criminel à la vie de Pierre et qui ne s'en cachait point. En réalité, les coupables ne durent leur salut qu'à la grande princesse Sophie, contre l'influence de laquelle le czar Pierre ne pouvait lutter.

Celui-ci n'en resta pas moins convaincu qu'il devait son salut au petit marchand de pâtés, et cette conviction fut le commencement de la fortune brillante à laquelle l'honnête garçon devait bientôt se voir élevé.

Il s'appelait Alexandre Menzikoff, et était fils d'un pauvre paysan des environs de Moscou. Il avait plu à l'adjudant, ou plutôt à l'ami le plus intime du czar, au célèbre Lefort, qui ne tarda pas à reconnaître en lui de merveilleuses facultés intellectuelles et le prit à son service. Le jeune serviteur ne manqua pas de faire chaque jour de nouveaux progrès dans la confiance et dans l'affection de son maître, à qui, en moins de quelques mois, il devint, pour ainsi dire, indispensable.

Deux ou trois semaines après qu'il fut entré au service de M. Lefort, Alexandre obtint un congé de cinq jours, qu'il alla passer chez sa mère; car son père était mort quelques années auparavant. Quelle joie il éprouva en racontant à l'excellente femme le changement inespéré qui s'était opéré dans sa position!

« Ah! bonne mère, lui dit-il, songez donc combien je suis heureux. Voyez donc le bel habit que je porte maintenant. Comme ces galons sont brillants! Comme ces boutons dorés étincellent! Mais il me passe par les mains des habits, des vestes et des culottes bien plus beaux encore, quand il me faut les battre ou les brosser. Et quel suave parfum s'en dégage! C'est autre chose que celui des pâtés que je vendais naguère, si délicieux pourtant à aspirer. Que vous dirai-je du manger et du boire qu'on me donne chez mon nouveau maître? Votre soupe aux choux n'est rien en comparaison des potages qu'on nous sert. Ce n'est pas tout encore. Chaque jour, je me trouve en présence du gracieux czar Pierre, sans compter beaucoup d'autres grands seigneurs. Il faudrait voir le palais où je suis. Ce n'est partout qu'or et argent: les plats, les assiettes, les chandeliers, les mouchettes, les couteaux, les cuillers, les fourchettes, jusqu'aux pincettes, jusqu'aux aiguières de toilette...

— Est-ce possible? interrompit la bonne femme en joignant les deux mains.

— Attendez un moment, je n'ai pas encore fini, reprit le fils. Le czar Pierre est pour moi d'une bonté sans pareille, parce que je l'ai averti qu'on voulait lui servir des pâtés empoisonnés. L'autre jour, comme son valet de chambre ordinaire n'était pas là, il me chargea d'aller lui chercher son habit de gala. Tenez, mère, j'ai tremblé d'étonnement en voyant dans mes mains cet habit magnifique sur la poitrine duquel brillaient des plaques et des croix d'or et de diamant. Que diriez-vous si j'ajoutais que la moindre des pierres qui ornent ces plaques vaut plus que toutes les maisons de notre village réunies, y compris nos champs et nos prés? Ah! comme il doit être heureux celui qui a le privilége de porter de semblables bijoux! Cependant j'ai remarqué que le czar est devenu très-défiant depuis la fameuse histoire des pâtés. Aujourd'hui il n'a garde de manger tout de suite ce qu'on lui sert. La semaine dernière, sa sœur, la princesse Sophie, lui a envoyé un pâté superbe outre une grande quantité de tartes. Croyez-vous qu'il y ait touché seulement? Pas le moins du monde. Tartes et pâté ont été mis à la disposition des gens de service. J'en ai eu ma bonne part, et j'en ai mangé au point d'en avoir eu des crampes d'estomac. S'il prend fantaisie au czar de goûter l'une ou l'autre de ces friandises, c'est moi qu'il charge de la préparer avec de la fleur de farine que je vais acheter moi-même chez le premier boulanger venu. En général, les grands personnages mènent une existence tout à fait étrange. A l'heure où vous vous levez le matin pour vous mettre à l'ouvrage, ils vont seulement se coucher. A l'heure où vous dînez, ils déjeunent. Vers le soir, ils se mettent à table; ils y restent jusque bien avant dans la nuit, et Dieu sait comment ils peuvent absorber tout le manger et le boire qui leur entrent dans la bouche. Après la table, ils prennent les cartes et jouent jusqu'au matin. C'est là leur train de vie ordinaire. À la vérité, M. Lefort, pas plus que le czar, ne s'en accommode, et il ne s'y prête que lorsqu'il le faut absolument. Quant à moi, je ne suis pas destiné à rester toujours simple domestique. C'est pourquoi mon excellent maître m'a donné plusieurs précepteurs qui m'enseignent la lecture, l'écriture, le calcul, la langue française et une foule d'autres choses dont vous n'avez pas la moindre idée. J'avoue que j'ai plus de peine à apprendre tout cela que je n'en avais naguère à présenter ma marchandise dans les rues. Mais je me livre volontiers à l'étude, parce que c'est un moyen de plaire à M. Lefort, et que je n'en retire pas un médiocre avantage. Tenez, voyez, mère. »

En achevant ces mots, il tira de sa poche une poignée de pièces d'or, qu'il tenait de la générosité du czar, de M. Lefort et de plusieurs autres seigneurs de la cour.

« Voilà, chère mère, continua-t-il, une petite parcelle de la grosse dette dont j'ai à m'acquitter envers vous. L'affection et la patience que vous n'avez cessé de me témoigner depuis mon enfance, je ne saurais les payer de ma vie. Je veux pourtant m'efforcer de vous procurer autant de joie et de satisfaction qu'il me sera possible. »

La bonne villageoise ne put retenir ses larmes, tant elle se sentait émue du langage filial de son enfant. Elle lui prodigua ses meilleures bénédictions, et, du fond de son cœur, elle pria Dieu de l'aider à faire son chemin dans le monde.

Sa prière, le Ciel l'exauça. En effet, Alexandre s'affermit de plus en plus dans les bonnes grâces de son maître et dans celles du czar. Aussi bien il ne cessait de témoigner à l'un et à l'autre un zèle, un dévouement, une fidélité à toute épreuve. Un serviteur doué de ces qualités est toujours difficile à trouver. C'est pourquoi le jeune marchand de pâtés ne fit que monter en honneurs et en dignités.

A peine parvenu à l'âge d'homme, il fut élevé au rang de secrétaire du czar, et prit pour femme une jeune fille appelée Matinka, qui appartenait, comme lui, à la caste des paysans, mais à qui le Ciel avait départi les meilleures qualités du cœur et les plus précieux dons de l'esprit. Cette union fut bénie de Dieu, et rien ne put se comparer au bonheur qu'éprouva le jeune scribe impérial, en entrant dans la petite maison de bois qu'il avait pu se faire construire à Moscou, de ses premières économies, et en y installant sa bonne vieille mère, dont il n'avait pu se séparer. Il se crut aussi heureux qu'un roi. Son bonheur fut au comble quelques années plus tard, lorsque le Ciel lui eut donné deux enfants, dont l'un, le plus âgé, était un garçon, et dont le plus jeune était une fille. Il n'eût pas échangé son sort contre celui du seigneur le plus puissant de la terre. Le matin, quand il venait de se lever, à midi, avant de s'asseoir à table, le soir, quand il revenait de son travail, sa première occupation était de caresser ses enfants. Il les prenait dans ses bras ou sur ses genoux, ou les tenait par la main pour leur aider à marcher. Il ne se passait pas de jour qu'il ne leur apportât quelque joujou, quelque friandise ou quelque image. Aussi l'aimaient-ils de tout leur cœur. Quand la mère, tenant la petite Hélène dans ses bras, allait au-devant du père au moment où il rentrait, l'enfant tendait aussitôt les mains et poussait des cris de joie. Florentin, le plus grand des deux, lui sautait au cou et le couvrait de baisers. Matinka regardait ce tableau charmant de ses grands yeux illuminés de joie, et la bonne grand'mère complétait cette touchante scène d'intérieur. S'il arrivait parfois qu'un des enfants se trouvât indisposé, que de craintes il éprouvait! que d'anxiétés et d'angoisses! plus de vingt fois par nuit il sortait de son lit pour aller s'assurer de l'état des petits malades. Il lui arrivait même de passer des nuits entières à leur chevet. Les dimanches et les jours de fête, c'était pour cette heureuse famille une joie suprême d'aller passer quelques heures à la campagne et de faire visite aux parents de Matinka. Celle-ci portait dans ses bras la petite Hélène. Le père conduisait Florentin par la main, et la bonne aïeule fermait la marche. Et aucun d'entre eux qui éprouvât le moindre sentiment d'envie contre les riches qui passaient à côté d'eux dans les carrosses les plus splendides.

CHAPITRE III

LE VERTIGE DES GRANDEURS

Telle fut, pendant plusieurs années, la vie heureuse que mena Menzikoff.

Un jour, le czar, qui avait pu apprécier ses excellentes qualités, l'éleva au rang de conseiller. Cette promotion, qui eût dû être un événement fortuné pour toute la famille, fut cependant pour la bonne Matinka une cause de bien des chagrins amers. Quand Menzikoff revint pour la première fois de la cour dans son brillant uniforme de conseiller, Florentin courut gaiement au-devant de lui, selon son habitude, et essaya de grimper le long des jambes de son père. Mais celui-ci repoussa avec vivacité le pauvre enfant en s'écriant d'un ton de mauvaise humeur :

« Garçon mal élevé que tu es! Tu veux donc en une fois gâter, avec tes bottes malpropres, un vêtement qui me coûte si cher? Je ne peux pas te prendre dans mes bras, » ajouta-t-il un moment après, mais d'une voix moins rude, en s'adressant à la petite Hélène qui lui tendait les mains en souriant. « Je courrais risque de froisser mon jabot et de ternir l'éclat de mes boutons.

— Il ne m'est donc pas permis non plus de t'embrasser? lui demanda sa femme tout affligée.

— Certainement non, tant que je me trouverai dans ce bel uniforme, répondit-il. Un peu de patience seulement, jusqu'à ce que j'aie repris mon habit de tous les jours. »

Cependant, quand il eut changé de vêtements, les enfants se tinrent craintivement à distance, et la mère elle-même ne put plus embrasser son mari avec la même cordialité qu'auparavant, alors qu'il tenait plus à l'affection de sa femme qu'à la vanité d'un habit brodé. Lui, toutefois, n'en remarqua rien; car toute son âme était préoccupée d'autres pensées. Sans dire un seul mot, il promena pendant quelques moments les yeux autour de lui, puis il reprit :

« Il faut que nous changions tout cet intérieur. Ces misérables chaises en paille, ce vieux sopha, ces vieilles commodes, ces bahuts de bois blanc, ces tessons de miroirs, il faut que tout cela s'en aille et fasse place à des meubles neufs et plus dignes de nous. Désormais nous ne pouvons plus nous servir d'assiettes de grès, de gobelets de bois, ni de fourchettes de fer, ni de cuillers d'étain. Il nous faut des assiettes de porcelaine et des couverts d'argent, comme il convient à un conseiller impérial.

— Cependant nous étions si heureux de nos meubles si modestes, de notre vaisselle plus modeste encore, de nos fourchettes de fer et de nos cuillers d'étain! répondit Matinka d'un ton de doux reproche. Le serons-nous davantage quand le luxe sera entré dans notre maison?

— N'importe, repartit Menzikoff. Il n'est pas question de détruire notre bonheur; il s'agit tout simplement de nous soumettre aux exigences de notre nouvelle position. »

Après avoir dit, ou plutôt après avoir murmuré ces paroles, il resta quelques instants les yeux fixes, comme s'il eût été absorbé dans ses pensées. Ayant paru réfléchir pendant cinq ou six secondes, il se leva comme s'il eût pris une subite résolution. Puis, s'étant approché de la fenêtre, il l'ouvrit brusquement et cria à un juif qui passait précisément dans la rue:

« Holà! mon ami! pst! pst! entre un moment ici! »

Mais, soit que le juif n'eût pas entendu l'appel qui lui était adressé, soit qu'il n'eût pas voulu y répondre, il passa tranquillement son chemin.

« Voyez donc ce drôle, exclama le conseiller impérial en s'empourprant de colère, il ne daigne pas même répondre à mon appel! Sans doute il prend ma maison plutôt pour celle d'un marchand de fromage que pour celle d'un conseiller de Sa Majesté l'empereur, sans quoi il ne s'aviserait point de continuer si fièrement sa route. Cela ne peut pas durer toujours. Quel est l'homme comme il faut qui consente à grimper sur ce rude escalier tournant, et à pénétrer dans cette chambre si basse d'étage qu'on doit craindre à chaque instant d'enfoncer le plafond avec sa tête? Puis il n'y a pas moyen de suspendre un lustre, ni de faire poser des rideaux à ces fenêtres qui ne ressemblent pas mal à celles d'une cabine de vaisseau. Il est donc absolument nécessaire que nous avisions à nous procurer une autre habitation.

— Cher fils, intervint en ce moment la vieille mère, écoute-moi. Reste dans la demeure où tu as été si longtemps heureux. Le bonheur n'habite point les palais. On n'y trouve que la trahison et la mort; l'histoire des pâtés a dû suffisamment te l'apprendre. Quant à moi, je n'ai jamais été plus heureuse que dans notre chaumière au village. Ce n'est que pour l'amour de toi que je l'ai quittée et que j'ai consenti à te suivre ici. Maintenant que je me suis habituée à cette maison par un séjour de plusieurs années, me faudrait-il la quitter de nouveau pour aller m'installer dans la chambre froide et spacieuse d'un hôtel? Ce serait ma mort, car ce serait la fin du bonheur de ma vie.

— Puis, aussi, continua Matinka, comme tous les objets qui nous entourent me sont chers! Car ils furent pendant longtemps les témoins muets de notre bonheur. Tu dois t'en souvenir, cher époux, n'est-ce pas à ce pot de grès avec son petit cercle bleu que nous avons bu réciproquement à notre avenir le jour de notre mariage? Ces plats et ces assiettes de faïence ne sont-ils pas un cadeau de noces que mes compagnes m'ont offert? Et ce bahut-là avec sa corniche sculptée, n'est-ce pas un souvenir que tu tiens de tes anciens amis? »

Devenu tout pensif, Alexandre se mit à arpenter pendant quelques instants la modeste petite chambre. Puis il s'arrêta devant sa vieille mère et lui dit:

« Mère, vous avez raison. Ce serait une cruauté que de vous éloigner de cette maison qu'une longue habitude vous a rendue si chère. C'est pourquoi vous pouvez y rester. Elle vous appartient dès ce jour. »

S'adressant ensuite à sa jeune femme:

« Matinka, lui dit-il, ces vieux meubles et ces vieux ustensiles continueront à nous rappeler les heureuses années que nous avons passées ensemble, et ce souvenir se renouvellera chaque fois que nous viendrons voir la grand'mère. Je n'entends pas en vendre la moindre pièce.

— Ainsi tu es bien décidé à te séparer de moi? reprit la vieille femme. Et je ne reverrai plus mes petits-enfants réunis autour de moi? O mon Dieu! en serais-tu venu à rougir de ta pauvre mère dans la haute position où tu te trouves maintenant?

— Comment pouvez-vous parler ainsi, mère bien-aimée? répliqua le fils. C'est uniquement par amour pour vous que j'ai fait la proposition que vous venez d'entendre. Si elle ne vous convient pas, venez tranquillement avec nous. Les grandes et hautes chambres de notre future habitation avec leurs immenses fenêtres, leurs planchers cirés et les meubles nouveaux dont elles seront garnies, vous paraîtront quelquefois étranges. Mais on peut aisément remédier à tout cela. On trouvera bien à disposer pour vous quelque agréable et tranquille petite chambre qui donne sur la cour, et où vous pourrez vous retirer si parfois quelque grand personnage vient nous faire visite. Vous pouvez donc choisir, bonne mère. Si vous voulez venir avec nous, venez; si vous préférez rester ici, vous en êtes libre, et, en ce cas, les enfants iront vous voir chaque jour. En outre, vous aurez une servante qui n'aura à s'occuper que de vous seule. »

En entendant ce langage, la pauvre femme sentit de grosses larmes rouler sur ses joues.

« Ah! dit-elle en sanglotant, des mains mercenaires ne sont jamais aussi douces que celles d'un enfant. Quand tu étais encore tout petit, je ne t'aurais, pour rien au monde, confié à qui que ce fût. Aussi j'espérais bien qu'un jour la main de mon fils me fermerait les yeux. Mais s'il faut... »

En ce moment, sa voix s'éteignit dans des sanglots.

Personne n'eut le courage de répliquer un seul mot, pas même Menzikoff, qui se sentait tout ébranlé.

« S'il faut..., reprit la bonne mère après s'être un peu remise de son émotion, mes lèvres murmureront en vain le nom de mon fils quand l'instant de ma mort sera venu, et j'étendrai en vain ma main tremblante pour y serrer la sienne.

— Arrêtez, mère chérie! arrêtez! s'écria en ce moment le fils tout hors de lui. Vous me navrez le cœur. Oh! ces misérables honneurs qui vous arrachent des larmes, qu'ils s'éloignent de moi! Calmez-vous, bonne mère, calmez-vous. Je vais supplier l'empereur de me rétablir dans ma condition première; car je veux rester pour vous un fils reconnaissant et dévoué. Ah! je croyais pourtant vous réjouir en vous apprenant la nouvelle de mon avancement...

— Non, non, interrompit la bonne vieille en essuyant les larmes qui roulaient dans les rides dont ses joues étaient creusées; non, je ne désire pas cela. Conserve la haute position que le czar t'a assignée, et accepte avec reconnaissance les faveurs dont il te comble. Dieu le veut ainsi. S'il est impossible de faire autrement, je me soumettrai bien volontiers à tout. Le jour de ma mort n'est peut-être pas encore assez proche pour que j'aie à craindre de ne pouvoir vous dire, à toi et aux tiens, l'adieu suprême et vous donner ma dernière bénédiction. Fais donc, mon enfant, ce qu'il te plaira. Me comprends-tu? »

Menzikoff se tordit, pendant quelques instants, les mains sans dire une parole. Après quoi il s'écria :

« Ma foi, cela ne se peut pas. Si je dois rester conseiller impérial, je ne puis me dispenser de prendre une grande habitation dans le voisinage du palais et de m'installer dans un cabinet où je puisse travailler sans être troublé par personne. C'est pourquoi il vaut mieux que je me démette de mes nouvelles fonctions.

— Non, non, repartit la mère avec vivacité. J'ai été trop exigeante et je me suis alarmée à tort. Ne songe plus à ce que j'ai dit, mon enfant. Que tout soit oublié, et fais ce que ton emploi exige.

— C'est comme vous voulez, chère mère, répliqua le fils tout réjoui du langage qu'il venait d'entendre. Aussi bien vous avez regardé la situation par son mauvais côté. Oubliez donc votre chagrin. Soyons plutôt gais, et prenons notre bonne fortune comme elle se présente. »

Se tournant ensuite vers Matinka :

« Tiens, mon enfant, lui dit-il, voici de l'argent. Achète du vin, du meilleur que tu puisses trouver. Et vive l'excellent czar! Il faut qu'à notre dîner nous buvions à sa santé. »

Et c'est ce qu'on fit en effet.

Cependant à peine se fût-on mis à table, que la pauvre Matinka éprouva un nouveau souci. Elle avait préparé de son mieux les mets que son mari aimait le plus; mais il n'y parut toucher qu'à grand'peine, et encore ne fut-ce que du bout des lèvres, comme s'il se fût attendu à voir plusieurs services faire leur apparition sur la table.

« Mon ami, est-ce que ces plats ne sont pas bien accommodés? lui demanda sa femme tout inquiète. Ou te manque-t-il quelque chose, que tu n'as point d'appétit?

— Hum! hum! ce n'est pas cela, répondit Menzikoff un peu embarrassé. Tu ne m'en voudras pas, chère femme. Ton dîner m'a toujours paru excellent. C'était un pot-au-feu très-bien préparé, et qui convenait parfaitement à notre ancienne position de fortune. Seulement, aujourd'hui que nous sommes dans une condition plus brillante, il est un peu trop simple, un peu trop bourgeois pour des gens comme nous. Aussi nous faut-il à l'avenir une table plus choisie, quatre ou cinq services chaque jour. De plus, il n'est pas convenable que la femme d'un conseiller impérial passe son temps à cuisiner, à chauffer ses fourneaux et à rincer sa vaisselle. Je veux donc prendre un chef qui fasse la besogne pour toi. »

Ce langage produisit sur la bonne Matinka l'effet d'un coup de foudre. Aussi bien, pour une sage ménagère comme elle l'était, une des principales préoccupations devait être le choix et la préparation des mets. La pauvre femme devait donc se trouver blessée dans son amour-propre, en songeant que désormais son mari n'aurait plus l'occasion de la complimenter sur sa science culinaire, puisqu'il paraissait disposé à confier à un mercenaire le département de la cuisine. Cependant elle n'ajouta plus un mot, et, les yeux remplis de grosses larmes, elle but le vin, qui, loin de lui réjouir le cœur, le remplissait d'amertume.

Depuis ce moment le bonheur domestique diminua par degrés dans la famille de Menzikoff, et il fit place à ce vain éclat du luxe qui éblouit les yeux, mais qui ne satisfait point les cœurs. Dès la semaine suivante, le conseiller impérial et les siens se trouvèrent installés dans un hôtel rempli de salons richement décorés et situé dans le voisinage du czar. La mère seule continua d'occuper la modeste petite maison de bois où elle avait été si heureuse au milieu des siens.

Deux valets de pied, un cocher, un cuisinier, une femme de

chambre et une servante furent admis au service de la famille. Enfin, un carrosse et deux chevaux complétèrent le train de la maison.

Dieu sait quelles charges nouvelles il en résulta pour la pauvre Matinka.

Jusqu'alors elle n'avait eu d'autre souci que de surveiller ses enfants et de les corriger des petits défauts inhérents à leur jeune âge, tandis que maintenant elle avait chaque jour de nouveaux déboires. Tantôt c'était la négligence, tantôt c'était l'infidélité de ses domestiques, dont les uns volaient impudemment ou gaspillaient soit les provisions du ménage, soit la nourriture des chevaux, et dont les autres donnaient aux enfants les plus pernicieux exemples.

Dans les premiers temps, Menzikoff alla régulièrement tous les jours voir sa mère. Puis vinrent des tracas de toute espèce, des occupations multipliées, à ce qu'il prétendait, qui rendirent ses visites de plus en plus rares. Celles-ci finirent par cesser tout à fait. Seulement Matinka et ses deux enfants tinrent leur parole, et ils ne manquèrent pas un jour de se rendre auprès de la bonne femme pour la consoler du chagrin de la perte de son fils, et pour l'en dédommager s'il se pouvait.

Les heures d'intimité que le père consacrait à sa famille devinrent graduellement plus rares aussi. Souvent, quand il revenait du palais, il était de mauvaise humeur; car le czar, vif et prompt à la colère, ne ménageait pas toujours son conseiller. De son côté, celui-ci souffrait avec moins de docilité ce que le serviteur, le copiste ou le secrétaire avait pu endurer avec patience; et, n'osant témoigner à son maître l'irritation qu'il éprouvait, il en faisait retomber tout le poids sur sa propre famille. Chaque fois qu'il rentrait avec cette disposition d'esprit, les enfants se cachaient en tremblant, et Matinka, tout inquiète, allait au-devant de lui, cherchant à empêcher, par quelque caresse ou par quelque parole affectueuse, l'orage d'éclater. Souvent il restait toute une demi-journée enfermé dans son cabinet de travail, où personne, pas même sa propre femme, n'eût osé l'approcher pour quelque motif que ce fût. Il passait très-fréquemment la soirée dehors, et ne rentrait que bien longtemps après minuit, ivre quelquefois. S'il lui arrivait, ce qui n'était pas rare, d'avoir perdu au jeu quelque grosse somme, il se vengeait de sa mauvaise chance en bouleversant tout son appartement et en faisant un tapage infernal, qui retentissait jusque dans la tranquille chambre à coucher de Matinka. La pauvre femme, brusquement tirée de son sommeil, passait le reste de la nuit dans les larmes, ou s'asseyait tout éplorée au chevet des petits lits où ses enfants dormaient tranquillement, dans une chambre voisine de la sienne. Les visites qu'elle faisait naguère tous les dimanches à son père et à sa mère, elle avait été obligée de les suspendre totalement, et elle ne pouvait plus aller voir les vieilles gens qu'à la dérobée, quand elle était bien sûre de ne pas exciter la mauvaise humeur de son mari. En revanche, il ne lui était permis que de faire parfois quelque cérémonieuse promenade en voiture, fastidieuse compensation qui ne la mettait en présence que d'une foule de dames inconnues et de seigneurs en habit d'apparat.

CHAPITRE IV

LA FÊTE PATRONALE

La fête patronale des chefs de famille se célèbre en Russie avec une solennité particulière. Cette coutume pieuse avait toujours été religieusement observée dans la maison de Menzikoff. Chaque fois que cette fête était revenue, Matinka s'était ingéniée à procurer à son mari quelque agréable surprise. Mais cette fois quelle surprise pourrait-elle ménager à son époux, dont l'esprit, ébloui par l'orgueil, était devenu étranger à toutes les calmes et douces jouissances domestiques? Elle mettait son imagination à la torture, et ne savait à quel projet s'arrêter. Mais il la tira lui-même de l'embarras où elle se trouvait. Deux bonnes semaines avant que l'heureux jour fût revenu, il lui dit d'un ton caressant qu'il n'avait plus donné à sa voix depuis longtemps:

« Chère Matinka, tu pourrais me faire un bien grand plaisir le jour de ma fête...

— Parle, cher Alexandre, répondit-elle vivement. Je ferai tout ce qui peut t'être agréable.

— Tiens, continua-t-il, je ne veux pas différer davantage de donner un grand dîner. On pourrait jaser sur notre compte et nous taxer d'avarice. Depuis longtemps je crains qu'on ne parle de nous, et il faut absolument que nous nous exécutions. C'est pourquoi je te prie de prendre des dispositions pour que nous ayons un grand diner le jour de ma fête et que nous puissions inviter une brillante société. Je désire aussi que tu aies une toilette qui convienne à une dame de ton rang. J'aurai soin de te procurer tout ce qu'il faut. Puis... »

Ici sa voix s'arrêta tout à coup, comme s'il eût craint d'exprimer sa pensée tout entière.

« Eh bien! quoi encore, cher ami?

— Tu es une si excellente femme, si bonne, si belle. . »

En entendant ces mots, Matinka rougit comme une cerise et baissa les yeux.

« Tu es, continua Menzikoff en s'animant de plus en plus, un pieuse et fidèle mère de famille, une ménagère accomplie; seulement...

— Mais achève donc, cher Alexandre, dit la femme en manifestant une certaine inquiétude.

— Il te manque quelque chose, poursuivit le conseiller impérial, c'est l'usage du monde, ce sont les belles manières. Sans elles, une femme a beau posséder le plus noble cœur et la plus haute intelligence, on se moque d'elle et on la méprise. Pour les gens de grand parage, les mots frivoles et les flatteries exagérées ont plus de valeur que la simplicité du langage et la franchise de la parole. Tu es un vrai diamant; mais, à cause de ton extrême modestie, tu as l'air du caillou qui n'est pas encore taillé. Je ne saurais te dire combien je suis peiné de te voir méconnue à ce point. Il suffirait d'un peu d'exercice pour remédier à tout cela.

— Dis-moi donc ce qu'il faut que je fasse pour te plaire.

— Écoute-moi, chère enfant. Je chargerai le maître de danse français M. Genou d'exercer notre Florent à faire des révérences, de lui donner des leçons de maintien, et de lui apprendre ce qu'on peut appeler le jargon des salons, enfin, tout ce qui constitue l'homme comme il faut. Tu prendras part à tous ces exercices et tu les répèteras dans ta chambre. Quelques jours avant la fête, nous ferons une petite répétition générale entre nous, et, j'en suis certain, tout ira à souhait. »

Matinka poussa un soupir et promit de faire tout ce que son mari désirait.

Dans le courant de l'après-dînée, le maître de danse arriva pour commencer ses leçons, et Dieu sait ce que le pauvre Florent eut à souffrir.

M. Genou lui fit plus de cent fois arpenter la salle tout roide comme un piquet, plus de mille fois s'incliner à droite et à gauche, en avant et en arrière, et adresser force révérences à des chaises et à des fauteuils vides. Tous ces exercices s'exécutaient au commandement :

« Rentrez le ventre! la poitrine en avant! la tête en arrière! Fi donc! Ne traînez pas comme cela sur les talons. Les pieds en dehors! Ne laissez donc pas balancer vos bras comme une manche vide. Maintenant une révérence! Mais pas si bas; car vous allez mettre le nez sur le plancher. »

Au commencement, ces exercices amusèrent beaucoup l'enfant. Puis il en vint à les prendre en dégoût, puis à s'ennuyer, et enfin à pleurer amèrement. Mais rien n'y fit. Il lui fallut continuer la torture à laquelle M. Genou le soumettait.

Le lendemain, le maître de danse arriva muni d'une planchette d'acajou sur laquelle étaient clouées quatre cymaises, formant deux chevrons, l'un intercalé dans l'autre. Florent fut obligé de poser les pieds dans les intervalles de ces chevrons pour s'habituer à marcher en dehors. Ce fut un nouvel instrument de torture, dans lequel le pauvre garçon eut toute la peine du monde à se tenir en équilibre.

Cependant ces exercices furent infiniment plus pénibles pour la bonne Matinka. Son mari y présidait en qualité de répétiteur, et il gourmandait sans ménagement l'infortunée femme, à chaque faux pas qu'elle faisait ou à chaque mouvement inexact qu'elle exécutait.

Avec quel bonheur la pauvre femme reportait son esprit vers un passé qui n'était pas bien éloigné encore, mais où un cordial bonjour et un baiser de son mari la rendaient bien autrement heureuse que les simagrées et les révérences auxquelles il lui fallait se façonner aujourd'hui !

Ce ne fut pas tout, à beaucoup près. Elle se vit entourée, pendant plusieurs jours, de marchandes de modes; et vous eussiez vu les tables et les chaises couvertes d'étoffes de soie, de velours, de dentelles, d'objets de toilette de tout genre, parmi lesquels il lui fallut choisir ceux qui lui convenaient. Puis vinrent la faiseuse de robes, la lingère et le cordonnier pour lui prendre mesure. Puis le bijoutier, qui lui étala une quantité d'écrins, renfermant les parures les plus riches. Matinka ne sut plus où donner de la tête. En outre, les pièces d'or s'en allaient comme si le Pactole coulait dans le jardin de l'hôtel. Les apprêts du dîner coûtèrent à eux seuls plus d'argent qu'il n'en eût fallu auparavant pour faire face aux besoins de la famille pendant une année tout entière.

« Et tu veux que je me montre dans une toilette si peu décente? » demanda Matinka à son mari lorsque la faiseuse de robes fut venue lui essayer son costume nouveau.

En même temps une vive rougeur empourpra son visage.

Menzikoff haussa les épaules et lui répondit :

« Tu t'y habitueras bien; la mode le veut ainsi. »

La jeune femme se tut, quoiqu'elle se sentît blessée au fond du cœur.

Mais, quand la femme de chambre, en lui ajustant un corset au busc d'acier, eut commencé à la serrer dans cet étui de baleines, elle se mit à crier avec effroi :

« Mon Dieu ! j'étouffe, je ne puis plus respirer, les côtes me font mal comme si elles allaient se rompre.

— Question d'élégance. Il faut cela, répliqua Menzikoff d'un ton sévère. Si l'on étouffait dans un corset, il mourrait bien des femmes par jour. »

La pauvre créature se laissa patiemment emprisonner dans cet étau. Après quoi l'habilleuse lui adapta un énorme panier qui ne ressemblait pas mal à une timbale renversée.

« Vous voulez donc me transformer en une espèce de monstre? se lamenta Matinka. Je ne saurai jamais avec une pareille machine passer par la porte.

— Tu passeras de biais, » repartit Menzikoff, qui savait remède à tout.

Finalement on enchâssa de force les pieds de l'infortunée dans une paire de souliers beaucoup trop étroits pour elle et montés sur des talons d'une hauteur démesurée, de sorte qu'il lui fut impossible de faire un pas sans courir risque de trébucher. Voyant que sa femme s'efforçait vainement de comprimer la souffrance que ce nouveau supplice lui faisait endurer, Menzikoff essaya de la consoler de son mieux, et lui dit:

« Un peu de patience, mon enfant. Aussi bien est-ce un simple essai que nous faisons ici. Dès que la fête sera passée, tu pourras toujours, s'il te plait, reprendre les vêtements que tu trouves plus commodes et auxquels tu es habituée.

— Seulement je voudrais savoir, reprit Matinka, quel cerveau mal fait a pu imaginer toutes ces folles choses qui ne semblent inventées que pour déformer et rendre ridicule l'œuvre de Dieu.

— Je vais te dire cela, répondit Menzikoff en souriant. Une femme petite, qui avait l'ambition de paraître grande, a inventé ces talons exagérés et ces coiffes hautes comme des clochers. Une femme trop grasse, qui prétendait à une taille svelte et fine, a inventé ces terribles corsets ou plutôt ces loges de fer et de baleines. Une autre, qui tenait à dissimuler ses jambes torses, n'a rien trouvé de meilleur que ces paniers hyperboliques. Une quatrième, dont les cheveux commençaient à grisonner, a eu l'ingénieuse idée de se poudrer la tête.

Une cinquième, qui avait le teint pâle comme si son visage était enfariné, s'est mis sur les joues les roses de la jeunesse sous l'apparence trompeuse d'une couche de fard. Et ainsi de suite.

— Mais pour quelle raison faut-il que moi je m'adapte ces ridicules inventions, moi qui ne suis ni trop petite, ni trop grasse, ni trop pâle, et qui n'ai, grâce à Dieu, ni des jambes torses, ni des cheveux grisonnants?

— Ah! chère amie, c'est que la mode le veut ainsi, comme je te l'ai déjà dit, répliqua Menzikoff.

— Qu'est-ce donc que cette mode qui rend des décrets aussi tyranniques? » demanda la jeune femme.

A cette question Menzikoff ne sut que répondre; car il ne savait pas lui-même au juste ce que c'était que la mode, cet aveugle esprit d'imitation qui domine tous les hommes.

Enfin, tous les préparatifs étaient faits pour la célébration du grand jour. Les convives étaient invités; les salons étaient décorés; le cellier, la cuisine et la chambre à provisions abondamment garnis.

L'avant-veille du dîner, Matinka dut subir une épreuve sur tout ce qu'elle avait appris, et répéter le rôle qu'elle était appelée à jouer devant les invités de son mari. Croirait-on qu'un homme aussi intelligent que Menzikoff ne répugna point à se donner ce spectacle puéril? Cependant il en fut ainsi. Ce même homme, à qui il restait à peine quelques moments à consacrer journellement à sa famille, trouva à disposer, pendant deux jours, de plusieurs heures pour dresser sa femme à toutes les balivernes les plus frivoles, à tous ces compliments fades et saugrenus qui constituent ce qu'on est convenu d'appeler le jargon de la haute société.

« Figure-toi, lui disait-il, que je suis une dame de qualité, invitée ici. J'entre dans le salon de réception pour te saluer. Tu répondras le plus gracieusement possible à ma salutation; tu diras que tu es heureuse de faire ma connaissance et que depuis longtemps tu aspires à ce bonheur.

— Mais cela n'est pas vrai, interrompit Matinka. Je mentirais en parlant de la sorte.

— Chère, il faut mentir, repartit Menzikoff. Dans la haute société on ne fait que cela. On s'y estime toujours heureux de se trouver en présence d'un homme qu'on aimerait mille fois mieux savoir à l'autre bout de la terre. On y échange force compliments affectueux avec des gens à qui l'on serait tout disposé à arracher les yeux. C'est précisément en cela que consiste le savoir-vivre dans le grand monde. »

Le cœur honnête et loyal de Matinka ne put comprendre le premier mot de ce qu'elle venait d'entendre.

Un moment après, la répétition commença. La pauvre femme débita son rôle le mieux qu'elle put. Cependant Menzikoff trouva beaucoup à y redire. Matinka faisait des révérences tantôt trop profondes, tantôt trop roides. Tantôt elle parlait trop haut, tantôt trop bas. Elle était réellement sur des charbons ardents. Enfin Menzikoff termina ce jeu, sans être entièrement satisfait de l'épreuve.

Autant Matinka avait naguère manifesté de joie à l'approche de l'heureux jour qu'elle attendait, autant elle éprouvait d'inquiétude en songeant cette fois au rôle qu'elle était appelée à remplir. La veille de la fête, elle crut ressentir une véritable atteinte de fièvre, et elle ne ferma pas l'œil de toute la nuit.

Le lendemain dans la matinée, le coiffeur arriva. Il brûla, il roussit, il coupa impitoyablement les beaux cheveux de la pauvre femme. Il les brossa et les peigna pendant une bonne demi-heure. Puis, quand il les eut suffisamment assouplis, il entassa sur la tête une montagne de crins de cheval et de poils de chèvre, autour de laquelle il ramena la chevelure par bandes aplaties en l'imprégnant de pommade et en l'assurant au moyen d'une quantité de petites fourches d'argent bruni. Finalement, il couvrit tout cet énorme édifice d'un épais nuage de poudre blanche. Ce n'était pas tout cependant. Il fit disparaître les fraîches couleurs du visage de Matinka sous une couche de fard, et compléta de la sorte la transformation de la pauvre créature. A la violente migraine provoquée chez elle par le travail du coiffeur se joignirent bientôt la douleur que lui fit endurer le corset que sa femme de chambre lui ajusta et le pincement des étroits souliers dans lesquels on enferma ses pieds. Cependant la patiente fut obligée de faire bonne mine à mauvais jeu et d'essayer même de sourire, bien que son anxiété augmentât de seconde en seconde; car l'on entendait déjà le roulement des carrosses qui vinrent s'arrêter devant l'hôtel.

Aussitôt les portes des salons s'ouvrirent à deux battants. Menzikoff, revêtu de son costume d'apparat, jeta un regard inquiet et significatif à sa femme, dont nul ne put remarquer la pâleur sous la couche de fard dont ses joues étaient enduites, et les révérences réciproques commencèrent. Matinka s'en tira beaucoup mieux que le maître de la maison n'avait osé l'espérer, et son esprit naturel lui suggéra plus d'un mot charmant à adresser à ses hôtes. Cependant Menzikoff entendit une des dames invitées dire tout bas et en français à une de ses voisines :

« La conseillère impériale n'a-t-elle pas l'air d'un véritable oison? »

En entendant ces paroles, il lança non pas à l'effrontée étrangère, mais à son innocente femme, un regard de colère qui la fit trembler. Heureusement l'entrée de ses deux enfants vint faire diversion à cet élan de mauvaise humeur. Florent était vêtu exactement comme son père, dont il semblait être la reproduction en miniature. Il avait l'air d'être l'image rajeunie d'un homme fait. C'était vraiment une figure plaisante à voir que ce petit bonhomme avec sa perruque poudrée et garnie d'une bourse de soie noire, avec son habit de velours bleu, sa veste de satin richement brodée, ses culottes courtes, ses bas de soie, ses souliers ornés de boucles d'or et sa petite épée à gaîne de cuir blanc laqué. Quant à Hélène, bien qu'elle fût à peine âgée de quatre ans, elle était accoutrée de la même façon que sa mère. Tous les convives s'empressèrent autour des deux enfants, et c'était à qui les admirerait et les flatterait le plus. C'en fut assez pour mettre un terme à la mauvaise humeur que Menzikoff venait d'éprouver. Aveuglé par sa vanité, il ne songeait pas que ces belles paroles et ces caresses n'étaient que mensonge et hypocrisie, comme il l'avait dit lui-même l'avant-veille à sa femme.

Bientôt arriva le moment de se mettre à table. Celle-ci était servie avec une somptuosité rare, et l'on comprend aisément que les invités y firent honneur. Les services se succédèrent lentement et avec une profusion toute princière. Les vins les plus rares furent versés, et l'on but comme on sait boire en Russie. De sorte que toute la compagnie se mit peu à peu en gaieté et que la conversation s'anima de plus en plus. Mais, au milieu du bruit, la porte de la salle à manger s'ouvrit tout à coup, et une vieille femme, fort modestement, mais fort proprement vêtue, se présenta sur le seuil, où elle s'arrêta tout étonnée en regardant avec une sorte de stupéfaction la brillante société en présence de laquelle elle se trouvait.

Cette femme était la mère de Menzikoff elle-même.

« Je désire voir mon fils, dit-elle d'une voix émue. Pardonnez-moi ma témérité. Alexandre ne demeure-t-il donc plus ici? Me serais-je trompée de maison? »

En disant ces mots, elle ne cessait de promener avec anxiété les yeux sur l'assemblée comme pour y chercher son fils.

Celui-ci était devenu pâle comme un mort en reconnaissant sa mère. Mais, se remettant aussitôt de son trouble, il se leva brusquement de son siége.

« Bonne femme, dit-il avec une affabilité forcée en s'avançant vers sa mère, me voici. Allons, vous me rendez bien heureux en venant me voir, chère petite mère. Venez, nous allons causer un moment à nous deux. »

En proférant ces mots, il entraîna doucement la pauvre femme dans un cabinet voisin, sans lui laisser le temps de produire une seule parole. Mais, avant de sortir de la salle à manger, il se retourna un instant vers ses hôtes et leur dit:

« Permettez-moi, Messieurs et Mesdames, de vous quitter pour un moment. J'ai quelques mots à échanger avec cette brave femme. »

Puis il disparut.

« Il ne manquait plus que cela! » grommela-t-il entre ses dents avec une colère mal déguisée en avançant un siége à sa mère.

Puis, reprenant tout à coup sa mine la plus riante:

« Soyez la bienvenue, chère mère, dit-il. C'est bien aimable à vous de me donner la satisfaction de vous voir.

— Mon fils, répondit la vieille femme, mes jambes ne veulent plus aller. Mais c'est ta fête aujourd'hui, et j'ai fait un effort pour me traîner jusqu'ici. Je suis venue t'apporter mes meilleurs vœux et ma bénédiction maternelle. Je viens, à la vérité, les mains vides, mais mon cœur n'en est que plus rempli d'affection pour toi. Mon fils, il y a bien longtemps, bien longtemps, que je ne t'ai vu. C'est pourquoi pardonne-moi si je te dérange en ce moment. Qui sait quand je pourrai revenir? Certainement, si j'avais su que tu as une si nombreuse société chez toi...

— Bonne mère, interrompit Menzikoff, je vous remercie bien de votre affectueuse visite. Je vous aurais très-volontiers invitée à assister à notre petit dîner, si je ne savais combien vous répugnez à de pareilles sociétés. Mais j'espère bien que mes domestiques vous ont servi quelques bons plats et du vin, sinon je les...

— Mon cher Alexandre, interrompit la vieille femme, ce n'est pas pour cela que je viens ici. Mon estomac ne saurait digérer tous ces mets. Te voir, me trouver quelques moments en ta présence, voilà tout ce que je désirais.

— Cependant, répliqua Menzikoff embarrassé, il faut que je vous quitte. Mes invités, mes devoirs d'amphitryon, pardonnez-moi, exigent que je retourne auprès de mes hôtes. Mais je vais, à l'instant même, vous envoyer ma femme et mes enfants, afin qu'ils aient soin de vous faire servir un verre de vin et quelques rafraîchissements.

— Tes invités sont probablement depuis longtemps ici? demanda la mère.

— Mais oui, depuis quatre heures à peu près.

— Et ce sont tous de bonnes connaissances à qui tu as des obligations? continua la vieille.

— Sans doute. Il en est que je connais depuis six mois et qui m'ont déjà invité peut-être dix fois chez eux. Vous comprenez après cela que je leur dois quelque chose.

— Eh bien, si tu as consacré quatre heures à des gens que tu ne connais que depuis six mois et qui t'ont invité seulement dix fois à dîner, tu peux bien, me semble-t-il, consacrer un quart d'heure à ta mère, qui est depuis trente-deux ans ta meilleure connaissance et qui t'a nourri chaque jour pendant quinze années entières, » repartit la femme d'un ton passablement sévère.

Menzikoff comprit fort bien toute l'étendue de son ingratitude; mais, au lieu de chercher à réparer le tort qu'il avait envers sa mère, il manifesta de plus en plus le mécontentement qu'il éprouvait et répondit d'un ton sec et bref :

« Mère, je suis fâché de devoir vous laisser. Je vais vous envoyer ma femme. Elle aura mieux que moi le temps de causer un peu avec vous. Mais j'espère bien vous voir encore avant que vous partiez. »

Sur ces mots, il tourna les talons et s'en alla.

La pauvre vieille femme, dont les joues se couvrirent de larmes, demeura assise. Cependant, un moment après, la porte s'ouvrit de nouveau. Une dame inconnue et en grande toilette entra dans le salon aussi vite que les hauts talons de ses souliers le lui permettaient. Deux enfants également inconnus la suivaient. A l'aspect des nouveaux venus, la bonne vieille se leva respectueusement. Mais, en un instant, Matinka se jeta dans ses bras, et les deux enfants, se haussant sur la pointe des pieds, couvrirent de baisers leur vénérable aïeule.

« Grand'mère ! grand'mère ! » s'écrièrent à la fois Florent et Hélène avec un accent de joie indicible.

Au moment où Matinka avait vu apparaître sa belle-mère sur le seuil de la salle à manger, elle avait fait un brusque mouvement pour se lever et pour s'élancer au-devant de la vieille femme. Mais un sévère coup d'œil de Menzikoff l'avait clouée sur son siége, et, depuis, il lui avait semblé qu'elle était assise sur des pointes d'aiguille. Cependant elle respira lorsque son mari fut rentré et l'eut priée d'aller passer quelques instants auprès de la septuagénaire visiteuse.

Pendant que Matinka s'en allait embrasser sa belle-mère, les convives étonnés accablèrent Menzikoff de questions.

« Cette bonne vieille est-elle réellement votre mère? lui demandaient-ils.

— Oh! non. Dieu m'en garde! répondit le conseiller impérial avec le plus grand sang-froid en regardant les curieux interrogateurs en face. Mon excellente mère est morte depuis bien longtemps. La bonne femme que vous venez de voir a été ma nourrice, et c'est par une ancienne habitude qu'elle continue à me regarder et à me traiter comme son enfant. Pourquoi ne pas laisser cette petite joie à une si bonne créature? Vous êtes certainement tous de mon avis?

— Sans doute, sans doute, » répliquèrent les invités, les uns avec sincérité, les autres avec hypocrisie, chacun selon les inspirations de son cœur.

Bientôt le fils ne songea plus à sa vénérable mère. L'ingrat n'avait-il pas rougi de celle qui lui avait prodigué, depuis qu'il était au monde, tous les trésors d'une affection sans bornes?

Il en fut tout autrement de Matinka et de ses enfants, qui ne se sentirent pas de joie en embrassant la bonne femme. La première oublia même qu'il y avait des invités chez elle, et ne songea à rentrer dans la salle à manger qu'après que son mari l'y eut fait rappeler à deux reprises.

Cependant la vieille femme contemplait, en hochant la tête, sa belle-fille si splendidement parée.

« A peine si je t'ai reconnue, chère enfant, lui dit-elle; car te voilà toute changée. Cependant l'ancienne Matinka dans sa modeste toilette, je l'aime infiniment mieux que transformée en dame du grand monde. Je n'ose presque approcher pour te serrer la main et t'embrasser.

— Et moi, répondit Matinka en soupirant, croyez-vous que je me trouve à l'aise dans ces paniers de baleines dont je viens de défoncer l'un contre les montants de la porte en entrant ici. Et quel fardeau je porte sur la tête! Quelle douleur j'éprouve aux pieds dans ces souliers trop étroits! Comme ce corset de fer me serre la poitrine! Enfin, comme j'ai horreur de moi-même sous le masque de fard qu'on m'a mis sur le visage! »

Les enfants poussèrent les mêmes lamentations.

« Voyez donc, s'écria Florent avec une expression de douleur vraiment comique, quelle bourse énorme on m'a attachée derrière la tête! »

En disant ces mots il se mit à secouer si violemment la tête en tous sens, qu'un nuage de poudre s'échappa de ses cheveux et blanchit entièrement son habit de velours bleu.

« Comment donc se fait-il que tes cheveux aient poussé de la sorte en si peu de temps? lui demanda sa grand'mère tout étonnée.

— Ma foi, ce sont tous cheveux faux. Regardez seulement, » répliqua le jeune garçon.

En même temps il s'arracha de la tête la coiffure postiche dont il était affublé et la présenta à l'aïeule stupéfaite.

« Je m'arrangerais fort bien d'une perruque semblable, ajouta-t-il, si seulement mon arme était une arme véritable. Mais voyez, ce n'est qu'un fourreau vide auquel on a adapté une poignée.

Puis il jeta la perruque sur le plancher, et commença à s'escrimer vaillamment, avec le semblant d'épée qu'il tenait à la main, contre le panier de baleines que portait la petite Hélène. Celle-ci se mit à reculer à mesure que son frère faisait ses passes en avant. Enfin elle tomba sur le plancher, et Florent alla rouler par-dessus sa sœur.

En ce moment, Menzikoff, mécontent de la longue absence de sa femme, rentra dans le cabinet pour la prier de retourner auprès de ses hôtes. Il vit les enfants se débattre sur le plancher, et s'aperçut qu'un des paniers de sa femme était défoncé tandis que l'autre s'était détaché et traînait presque à terre. Il remarqua aussi qu'une partie du fard de la conseillère impériale avait passé sur l'une des joues de sa belle-mère, et que l'autre partie, sillonnée par une larme, avait découlé sur le fichu de dentelle qu'elle portait au cou. Ce spectacle suffit pour exciter la colère du mari, au point qu'il ne fut pas capable de la maîtriser même en présence de sa mère. Il commença par les enfants et lança violemment l'un dans un coin, l'autre dans un autre coin de la chambre, non sans leur distribuer quelques soufflets. S'adressant ensuite à sa femme :

« Tu me prouves une fois de plus, lui dit-il d'une voix vibrante de fureur, que le cuivre dont on fait les sous ne peut jamais devenir l'argent dont on fait les écus. Tu es née paysanne, et tu demeureras paysanne toute ta vie. Maintenant tu peux rester dans cette chambre, et ne te montre plus aux yeux de mes invités. Te présenter devant eux dans l'état où te voilà, ce serait montrer à tout le monde combien j'ai été aveugle en te choisissant pour ma femme. »

Puis, sans même prendre congé de sa mère, qui avait essayé vainement de s'interposer, il s'en alla et retourna auprès de ses convives. Au moment où il rejoignit ceux-ci, il avait le visage entièrement rasséréné, et sa physionomie ne portait plus la moindre trace de colère quand il leur dit:

« Ma femme me charge de vous bien faire ses excuses. Elle est désespérée de ne pouvoir jouir plus longtemps de l'honneur de votre présence. Une violente migraine qui vient de l'atteindre et qui la tourmente quelquefois, la prive d'un bonheur dont elle sent tout le prix. »

Les gens du grand monde ne recourent que trop souvent à de pareilles contre-vérités, qu'ils ne regardent pas comme des péchés, pour se débarrasser d'un visiteur fâcheux ou d'un solliciteur importun. Comme les invités de Menzikoff avaient souvent eux-mêmes eu recours à de semblables moyens, ils ne parurent pas attacher une trop grande importance au mensonge qu'il venait de leur faire. Ils lui adressèrent à la hâte quelques paroles de regret hypocrite sur la subite indisposition de sa femme. Un moment après, les messieurs recommencèrent à boire, et les dames reprirent le fil, un moment interrompu, de leurs causeries.

Cependant le langage si âpre et si dur de Menzikoff avait profondément affligé Matinka. Il ne lui avait jamais jusqu'à ce jour adressé des paroles aussi amères, ni des reproches aussi impitoyables. Voilà donc comme il la récompensait de n'avoir rien négligé pour remplir le mieux qu'elle eût pu le rôle de grande dame, et pour avoir dit adieu aux joies innocentes dont son bonheur se composait naguère! Comme si un trait de lumière l'eût éclairée, elle comprit que le lien qu'elle avait cru éternel et qui l'attachait à son époux menaçait de se rompre. En effet, n'avait-il pas exprimé le regret de l'avoir prise pour sa femme? Horrible pensée! La vénérable aïeule mit en œuvre toute son éloquence maternelle pour calmer l'affliction de sa bru désolée, bien qu'elle eût elle-même besoin d'être consolée. Elles se communiquèrent mutuellement leurs chagrins en versant d'abondantes larmes; et les enfants sanglotaient, tant les coups qu'ils avaient reçus leur faisaient encore de mal. Enfin Matinka se débarrassa de la fatale toilette dont elle était parée, et passa une de ces modestes robes qu'elle avait portées jusqu'alors avec tant de bonheur. Puis elle reconduisit la vieille femme à sa demeure. Après quoi elle ramena son fils et sa fille dans leur chambre à coucher, et regagna elle-même son lit, où elle fut longtemps à trouver le calme et le sommeil.

CHAPITRE V

LE DÉPART ET LE RETOUR

Bientôt survint un événement qui sembla devoir rétablir le lien à moitié rompu qui unissait Menzikoff à sa Matinka. Ce fut un voyage qui devait durer assez longtemps et que le conseiller impérial allait entreprendre avec le czar, son maître.

Le jeune prince qui devait un jour être connu dans l'histoire sous le nom de Pierre le Grand, comprenait qu'il lui manquait une bonne partie de la capacité nécessaire pour gouverner sagement une grande nation et pour la civiliser. Aussi résolut-il d'entreprendre un long voyage à travers l'Europe et d'étudier par lui-même les principaux foyers de la civilisation, les pays où étaient le plus développés l'art militaire, la marine, les sciences et l'industrie, branches pour lesquelles son admiration allait jusqu'à l'enthousiasme et dont il voulait à tout prix doter la Russie, persuadé que ces moyens seuls pouvaient la tirer de l'impuissance où il s'indignait de la voir retenue. Cachant sa dignité sous le costume de simple membre d'une ambassade qui, selon l'ancienne coutume russe, devait visiter les cours étrangères, il traversa l'Esthonie et la Livonie, alors soumises à la Suède, le Brandebourg, le Hanovre, la Westphalie, et arriva à Amsterdam, où, poussé par sa prédilection pour l'art des constructions navales, il ne dédaigna pas de manier la hache du charpentier et le marteau du forgeron, se faisant même inscrire à Saardam, comme simple compagnon, parmi les ouvriers employés aux chantiers si célèbres que cette ville possédait vers la fin du XVIIe siècle. Invité par le roi d'Angleterre, Guillaume III, à visiter Londres, il s'y rendit; mais, habillé en marin anglais, il passa la majeure partie de son temps dans les établissements maritimes du royaume. Enfin, après avoir été honoré du diplôme de docteur par l'université d'Oxford, il rentra dans ses États, l'esprit orné de toute sorte de connaissances utiles qui lui servirent à fonder la grandeur et la prospérité de la Russie.

L'ancien garçon pâtissier Menzikoff avait su, par son intelligence, par la promptitude de son esprit et par la souplesse de son caractère, se concilier la faveur du jeune czar, qui l'éleva à la dignité de conseiller d'État et le désigna au nombre des fonctionnaires qui devaient former sa suite durant le voyage qu'il comptait entreprendre.

L'idée de se voir bientôt séparé des siens produisit un effet salutaire dans son cœur. Il éprouva le besoin de se rapprocher d'eux. Il leur rendit toute sa première affection, et traita de nouveau sa mère, sa femme et ses enfants avec la même douceur qu'auparavant. Il mit la plus grande sollicitude à tout disposer pour qu'il ne leur manquât rien pendant son absence et qu'ils pussent maintenir le train de maison qu'il avait inauguré. On ne saurait se figurer l'émotion qu'il éprouva en prenant congé de toute sa famille, et la tendresse avec laquelle il embrassa sa bonne vieille mère, son excellente femme et ses enfants, leur donnant l'assurance de ne pas les oublier et de leur faire parvenir souvent de ses nouvelles. Il partit, et, tout d'abord, il tint rigoureusement sa promesse en écrivant régulièrement aux siens. Mais, plus tard, ses lettres devinrent de plus en plus rares, soit à cause de la distance, soit à cause de quelque surcroît inattendu d'occupations, soit à cause de tout autre empêchement.

Immédiatement après le départ de son mari, Matinka avait quitté le somptueux hôtel où Menzikoff avait voulu s'installer, et elle rentra dans la modeste habitation qu'occupait sa belle-mère. Dès lors elle put partager tous ses soins entre la bonne vieille femme et l'éducation de ses propres enfants, à qui elle donna des précepteurs et qu'elle habitua à s'occuper utilement.

« Oh ! leur disait-elle, le père sera fort content lorsqu'il verra, à son retour, combien vous avez appris de choses pendant son absence. »

Les enfants furent dociles, et s'étudiaient à ne donner aucun motif de mécontentement à leur mère ni à leur aïeule. Cependant celle-ci sentait ses forces diminuer chaque jour.

« Je ne reverrai plus mon Alexandre, disait-elle dans le pressentiment de sa mort prochaine. Cette pensée me rendrait inconsolable si je n'avais pas la certitude de me trouver un jour réunie à lui dans l'éternité. J'ai vécu assez longtemps, et le Ciel m'a dispensé bien des joies. Je serais ingrate si je ne le reconnaissais pas. Mais l'homme ne saurait être entièrement satisfait. Ainsi mon dernier vœu serait de voir mon fils me fermer les yeux. Toutefois il en sera comme Dieu voudra. »

Dieu ne le voulut pas. A peine s'était-il écoulé trois mois depuis le départ de Menzikoff, que la vénérable matrone entra dans l'éternité. Elle mourut avec la plénitude de ses sens, après avoir été fortifiée par les secours de la religion et avoir donné à sa bru et à ses deux petits-enfants sa bénédiction maternelle.

On l'ensevelit, puis on la coucha dans son cercueil. Mais,

au moment où, selon l'usage russe, chacun des membres de la famille l'eut embrassée, Matinka dit à ses deux enfants :

« Quels reproches n'auriez-vous pas à vous faire si vous aviez causé quelque chagrin à votre bonne aïeule pendant qu'elle vivait encore, et que vous eussiez peut-être contribué à sa mort ! Toutes les larmes du plus amer repentir ne pourraient réparer le mal que vous auriez fait. »

Les enfants comprirent à quel point leur mère avait raison, et ils lui promirent solennellement de ne lui faire jamais aucun chagrin, de crainte qu'à son lit de mort ils n'eussent à endurer les angoisses d'un repentir stérile.

La morte était mise en terre; et, après la cérémonie des funérailles, la mère et les enfants étaient rentrés à la maison. Ils éprouvaient un abattement extrême, et sentirent quel vide s'était fait dans la maison depuis qu'il avait plu à Dieu de leur reprendre l'aïeule. Ils songeaient surtout avec tristesse au père absent. En ce moment, la porte de la chambre où ils étaient s'ouvrit brusquement, et un sous-lieutenant des strélitz entra en s'élançant vers Matinka, qu'il serra dans ses bras.

« Chère sœur ! s'écria-t-il en contemplant la pauvre femme tout effrayée, tu ne reconnais donc pas ton frère? Regarde-moi bien ; c'est moi-même. »

Aussitôt Matinka, toute transportée de joie, se jeta au cou de son frère et lui dit :

« Ah ! cher Simonow ! Je ne t'avais pas reconnu tout d'abord. Et comment se fait-il que tu sois ici? Je craignais de ne plus jamais te revoir.

— J'ai été admis dans un régiment de strélitz, répondit Simonow, et je m'en réjouis parce que je me trouve maintenant plus près de toi. Mais où donc est ton mari? »

Alors elle se mit à lui raconter la cause de l'absence de Menzikoff. Mais, pendant ce récit, le visage de Simonow parut se rembrunir. En même temps le sous-lieutenant hochait la tête d'un air préoccupé. Puis il reprit :

« Chère Matinka, ce n'est donc pas toi seule qui as à te plaindre de l'absence prolongée du czar. Le peuple tout entier, depuis le boyard jusqu'au serf, s'en plaint amèrement. Au lieu de s'occuper du bien-être de son empire, le czar abandonne le gouvernement à des ministres déloyaux, et il s'amuse à parcourir le monde. Pendant ce temps les régents de l'État font ce qui leur plaît. Il ne fait aucun cas de ses fidèles Russes, et il suit tous les conseils que lui donnent les étrangers dont il aime à faire son entourage. Il finira peut-être même par infecter notre sainte religion des hérésies que les Allemands et les Suisses s'efforcent d'importer au milieu de nous. Mais il n'y réussira point tant qu'un strélitz saura remuer les bras. »

En prononçant ces derniers mots, Simonow porta si vivement la main à la poignée de son sabre que les enfants tressaillirent au cliquetis de l'arme.

« Frère, exclama Matinka d'un ton inquiet, te voilà à peine entré dans un régiment de strélitz, et tu partages déjà l'esprit d'indiscipline dont ce corps est animé. Ne deviendrez-vous donc jamais sages? Et de quoi a servi à tes camarades la dernière révolte à laquelle ils se sont livrés? Le gibet ou le bannissement, voilà tout ce qu'ils en ont retiré. Je crains que vous n'ayez de repos que lorsque vous serez entièrement détruits. Frère bien-aimé, je t'en conjure par tous les saints, ne prête donc pas si facilement l'oreille aux suggestions de ces mauvais camarades. Laisse plutôt au bon Dieu le soin de pourvoir au bien-être du peuple. Si le czar ne le gouverne pas comme le Ciel l'entend, le Ciel le déposera bien lui-même. Quant à nous tous, notre devoir est de rendre à l'empereur ce qui appartient à l'empereur.

— Tu ne comprends rien à cela, repartit Simonow. Les

femmes sont faites pour se taire, et les hommes sont faits pour agir. C'est pourquoi attends en paix l'issue de ce qui doit arriver. »

Cependant Matinka ne se rassura point. Les paroles qu'elle venait d'entendre eurent plutôt pour effet de lui causer les plus grandes inquiétudes, et celles-ci ne tardèrent pas à être justifiées par les événements.

Un soir, comme Matinka et ses enfants disaient leur prière habituelle devant une image de la Vierge, leur attention fut tout à coup distraite par une rumeur qui s'élevait dans la rue et qui augmentait de seconde en seconde. Ils entendirent une foule de gens s'agiter en tout sens, des portes s'ouvrir, d'autres se fermer avec fracas, enfin des cris tumultueux gronder dans le lointain. L'inquiétude, qui au premier moment s'était emparée de la mère, se changea bientôt en un trouble extrême, lorsque le bruit d'un coup de feu, suivi d'un grand nombre d'autres, se fut fait entendre.

« O mon Dieu! voilà les strélitz à l'œuvre! » s'écria-t-elle avec une profonde angoisse.

Ses craintes n'étaient que trop fondées. Les strélitz, au nombre de sept mille, s'étaient soulevés et prétendaient mettre fin au gouvernement du czar Pierre et le remplacer sur le trône par la princesse Sophie, sa sœur consanguine. La révolte se propagea bientôt dans tout Moscou. Les coups de feu devenaient à chaque instant plus fréquents, et les cris des fuyards et des blessés plus affreux. La plupart des strélitz étaient ivres, et cette soldatesque effrénée faisait rage dans la capitale, menaçant d'exterminer tous les adhérents de Pierre. Des menaces elle en vint aux actes. Aussi Matinka tremblait-elle de tout son corps, non pour elle-même, mais pour ses enfants. Car son mari était généralement connu comme un des favoris les plus fidèles du jeune czar. Et, dans son absence, ne pourrait-on pas s'en prendre à sa famille? Saisie d'une anxiété mortelle, la pauvre mère se laissa tomber à deux genoux sur les dalles de la chambre et se mit à invoquer l'assistance de Dieu pour elle et pour les deux petites créatures qu'elle tenait serrées dans ses bras. Elle avait eu la précaution d'éteindre sa lampe; mais le reflet rouge des incendies que les rebelles avaient allumés (car plusieurs hôtels nouveaux étaient en feu) découpait d'une manière d'autant plus sinistre les profils de l'infortunée famille sur le mur. Comme elle se félicitait d'avoir quitté sa luxueuse habitation pour la modeste maison de bois qu'elle occupait maintenant! Car, dans cette riche demeure, rien n'échappa à l'aveugle fureur des strélitz, qui y brisèrent et saccagèrent tout ce qui s'y trouvait. Même sous l'humble toit où Matinka et les siens s'étaient retirés, ils n'auraient pas été à l'abri du danger si on les y avait découverts. Aussi la courageuse femme avait-elle fermé à double tour et au verrou la porte d'entrée, et assuré les volets du rez-de-chaussée. Mais cette précaution ne sembla pas suffire pour garantir la sécurité de la famille. En effet, on ne tarda pas à entendre une petite troupe de rebelles, conduite par quelque traître, approcher de la maison en hurlant à tue-tête :

« A bas l'engeance des Menzikoff! A mort! à mort! »

En entendant ces cris menaçants, Matinka s'empressa de cacher ses enfants dans un coin de la cour, derrière un tas de futailles et de fagots. Puis elle s'approcha avec précaution d'un des volets fermés du premier étage, pour écouter ce qui se passait dans la rue et prendre ses mesures en conséquence. Les clameurs de la soldatesque continuaient à retentir. En même temps des coups de crosses de fusils commencèrent à résonner sur la porte et sur les volets du rez-de-chaussée, qu'on avait évidemment l'intention d'enfoncer. Mais, comme il paraissait assez difficile de forcer par ce moyen l'entrée de la maison, un soldat lâcha un coup de feu sur un des volets du premier étage, qu'une balle traversa en sifflant à côté de Matinka. Plusieurs autres balles suivirent le même chemin, sans blesser toutefois la malheureuse femme. Plus le danger grandissait, plus elle sentait augmenter sa terreur. Elle fut au comble lorsque plusieurs voix furieuses se mirent à crier dans la rue :

« Brûlons ce nid de bois! Apportez du feu! Du feu! »

Déjà un homme accourait avec une torche de résine; déjà la pauvre femme, demi-morte d'effroi, se recommandait à Dieu, elle et ses pauvres enfants, lorsque le sauveur si longtemps attendu apparut sur la scène. C'était un sous-lieutenant des strélitz. Il s'élança au milieu de ses frères d'armes en s'écriant :

« Que vous amusez-vous à faire ici? Vous ne trouvez donc rien de plus utile à faire que de piller cette misérable cabane qui vaut à peine dix roubles?

— Sous-lieutenant, répondirent quelques-uns d'entre les soldats, nous savons mieux que vous de quoi il s'agit. C'est ici que demeure la famille de Menzikoff, et nous voulons l'exterminer.

— Vous vous trompez, repartit Simonow, qui s'était empressé d'accourir pour sauver Matinka. C'est ma propre sœur qui a loué cette petite maison après la mort de la mère de Menzikoff. Nous avons déjà saccagé la véritable demeure du favori impérial... »

Puis, s'approchant de la maison :

« Matinka! Matinka! cria-t-il à haute voix. Où donc es-tu?

— Ici, cher Simonow, répondit la sœur en ouvrant d'une main tremblante le volet de la fenêtre. Oh! je te remercie d'être venu à mon aide...

— Vous voyez bien que je vous disais la vérité, reprit le sous-lieutenant en s'adressant à ses camarades. Allons maintenant ailleurs; nous y trouverons meilleure besogne à faire que chez ma pauvre sœur. »

Les strélitz le suivirent sans plus ajouter un mot, et bientôt ils disparurent à l'extrémité de la rue. Dès ce moment, Matinka et ses enfants purent se croire sauvés. Aussi avec quelle effusion ils rendirent grâce au Ciel de les avoir préservés d'un si imminent danger! Cependant le grand drame qui se jouait dans les rues n'était pas terminé. Au contraire, le tumulte qui grondait devint plus violent que jamais, et les détonations des armes à feu redoublèrent avec une intensité effrayante. Aussi bien les régiments qui étaient restés fidèles au czar avaient eu le temps de se réunir sous les ordres du général Gordon. Celui-ci somma les rebelles de rentrer dans leurs quartiers. Comme ils s'y refusaient, il les attaqua de tous côtés, et les rues de la ville furent rougies de sang et jonchées de cadavres. La lutte n'avait pas encore pris fin, lorsque Matinka entendit frapper légèrement quelques coups à la porte de sa maison. Elle descendit aussi vite qu'elle put et demanda à demi-voix qui était là.

« C'est moi, ma sœur. Ouvre bien vite, » répondit une voix affaiblie, qu'elle reconnut, en effet, pour celle de son frère.

Aussitôt elle se hâta de tirer le verrou et de tourner la clef. Elle faillit laisser tomber la lampe qu'elle tenait à la main, lorsqu'elle vit son frère bien-aimé, son sauveur, tout pâle et couvert de sang, entrer en chancelant dans la maison.

« Laisse-moi mourir tranquillement ici, dit-il d'une voix presque éteinte en s'accrochant des deux mains à sa sœur, dont il couvrit toute la robe du sang qui coulait de ses blessures. Tout est perdu. Être fusillé ou pendu, voilà le sort qui m'attend si l'on me découvre. »

A peine le blessé put-il, avec l'aide de sa sœur, monter les marches de l'escalier. Dans quelle nouvelle angoisse se trouva en ce moment la pauvre Matinka! L'état de Simonow exigeait les prompts secours d'un chirurgien. Cependant elle n'osa se hasarder à aller appeler un homme de l'art, de crainte de trahir l'asile qu'elle venait d'offrir à son frère. Elle se vit donc obligée d'examiner elle-même, de laver et de panser les blessures: pénible tâche pour une femme qui avait horreur du sang, mais que son amour fraternel lui donna la force d'accomplir. Après qu'elle eut terminé cette opération, elle alla mettre ses enfants au lit, et s'assit au chevet de son frère, qu'elle veilla pendant le reste de la nuit; car le blessé, en proie à une fièvre ardente, ne pouvait demeurer abandonné à lui-même.

Le lendemain, elle représenta à son fils et à sa fille la grandeur du danger auquel toute la famille serait exposée si l'on apprenait au dehors qu'un strélitz avait trouvé un asile dans la maison. Aussi leur recommanda-t-elle la plus grande discrétion à ce sujet. Tous deux promirent de ne dire mot à personne, et ils tinrent parole. Bien leur en prit. En effet, deux à trois jours après, tous les habitants de Moscou furent informés que la peine de l'exil en Sibérie serait rigoureusement appliquée à celui qui s'abstiendrait de dénoncer et de livrer à l'autorité militaire les rebelles dont il connaîtrait l'asile. Matinka pouvait-elle se résoudre à obéir à une pareille injonction? à livrer à une mort certaine son frère, son sauveur et le sauveur de ses enfants? Non, elle ne l'aurait jamais pu, fût-ce au péril de ses propres jours. Du reste, elle crut pouvoir compter sur l'influence toute-puissante de son mari pour sauver l'infortuné Simonow. La guérison de celui-ci marchait rapidement, et bientôt le frère et la sœur purent s'occuper des moyens à employer pour favoriser l'évasion du blessé. Malheureusement le retour inopiné du czar à Moscou renversa tous les projets qu'ils venaient de combiner. Un ukase ou décret impérial parut, qui ordonna la recherche des strélitz manquants.

La nouvelle de l'horrible révolte qui avait ensanglanté les rues de la capitale était parvenue au czar au moment où il se trouvait en Angleterre et où il allait s'embarquer pour l'Italie. En apprenant ce qui s'était passé, il était entré dans une violente colère, et on l'avait vu accourir avec la promptitude du vent pour prononcer un jugement sévère contre les coupables. Il commença par faire opérer des recherches dans tous les quartiers de la ville. Or, comme les voisins de Matinka avaient vu fréquemment son frère sortir de la maison et y rentrer, il était tout simple qu'une perquisition fût aussi faite chez elle et que Simonow fût découvert. Le blessé fut pris et emmené sous bonne escorte. Matinka eût fort probablement subi le même sort, si l'autorité supérieure ne l'avait épargnée par respect pour le nom de son mari.

La pauvre femme ne se sentit pas d'effroi en apprenant, le le lendemain, que tous les chefs des strélitz étaient voués à la mort. Presque folle de douleur, elle se dirigea vers le Kremlin ou château du czar, et elle vit, en frémissant d'épouvante, que sur tous les créneaux de la forteresse impériale se dressaient des gibets destinés aux coupables. Il n'y avait pas de doute pour elle que le même supplice ne fût réservé à Simonow, dont les blessures attestaient qu'il avait pris une grande part à la lutte, et que sa qualité de sous-lieutenant devait nécessairement ranger au nombre de ceux à qui il ne serait fait aucune grâce. Elle ne savait plus quel parti prendre pour sauver l'infortuné, lorsqu'une idée lumineuse lui vint. Elle voulut savoir d'abord si son mari était revenu à Moscou avec le czar, et se dirigea vers l'hôtel qu'elle avait occupé avant le départ de Menzikoff. Mais elle le trouva entièrement dévasté, et rien ne lui permettait de croire que son époux y fût rentré. Déçue de ce côté, elle continua sa route, et rencontra bientôt un piquet de soldats qui escortaient un groupe de strélitz chargés de chaînes. En fouillant des yeux ce groupe, elle y reconnut l'infortuné Simonow, qui marchait en chancelant sous le poids de ses fers. Il était d'une pâleur affreuse, bien qu'il eût l'air calme et résigné.

« Simonow! mon frère bien-aimé! » s'écria-t-elle en étendant les deux bras vers le prisonnier, qui l'avisa et lui fit de la main un signe affectueux.

« Arrière! » crièrent aussitôt les soldats de l'escorte en menaçant de la crosse de leurs fusils la pauvre femme qui recula avec épouvante et se résigna à suivre, en pleurant, le groupe sinistre.

En ce moment le hasard voulut que l'empereur lui-même, accompagné d'une suite nombreuse, débouchât dans la rue et s'avançât au-devant de l'escorte des prisonniers. Cette apparition fortuite fut pour la pauvre Matinka comme un signe de la main de Dieu. Étendant aussitôt les deux bras vers le czar, elle se laissa tomber à genoux et s'écria d'une voix suppliante :

« Grand empereur, grâce ! Grâce pour mon infortuné frère ! »

A cette apostrophe inattendue, Pierre arrêta son cheval, et, regardant un instant la pauvre femme dont la physionomie, non moins que l'accent, témoignait d'une angoisse extrême, il lui demanda avec bienveillance :

« Qui donc est ton frère? Et quel crime a-t-il commis pour que tu demandes sa grâce? »

Encouragée par le ton affectueux du czar, Matinka désigna le groupe de prisonniers et répondit :

« Le voilà parmi ces hommes que l'on conduit à la mort. Il appartient aux strélitz, mais il est le meilleur et le plus tendre des frères.

— Et le plus ingrat de mes sujets, interrompit le czar, dont le visage s'assombrit aussitôt. Tous les strélitz sont des scélérats qui ont tramé ma perte. Point de grâce pour eux. Tous recevront le châtiment qu'ils ont mérité. »

Ayant dit ces mots, il fit faire un demi-tour à son cheval pour passer à côté de la suppliante. Mais en ce moment elle reconnut son mari parmi les personnages de la suite de l'empereur. La vue de Menzikoff fit renaître en elle l'espoir que la réponse sèche et absolue du czar avait anéanti.

« Mon époux ! mon époux bien-aimé ! s'écria-t-elle. Intercède avec moi, je t'en supplie, en faveur de mon infortuné frère. Il est innocent de tout crime. Il nous a sauvé la vie, à tes enfants et à moi. Joins tes prières aux miennes!

— Quoi! dit aussitôt l'empereur en s'adressant à son favori, ta femme est donc la sœur d'un rebelle? »

Menzikoff comprit à l'instant même qu'il perdrait d'un seul coup la faveur de son maître s'il confessait la vérité, et il ne voulait à aucun prix s'exposer à encourir une pareille disgrâce. Aussi le respect humain l'emporta-t-il chez lui sur la crainte de Dieu.

« Mon gracieux seigneur et maître, répondit-il effrontément, cette femme doit être folle ou privée de ses sens par la crainte qu'elle a pour son frère. Car c'est en ce moment la première fois que je la rencontre. »

Se tournant ensuite vers quelques domestiques qui suivaient l'empereur :

« Qu'on emmène cette femme, » leur dit-il.

Puis il passa outre avec le czar, sans avoir daigné jeter un regard sur la pauvre Matinka, que les serviteurs impériaux entraînèrent vers un trottoir où ils la laissèrent évanouie.

Quand elle revint à elle, elle crut sortir d'un rêve pénible; parfois même elle se demanda si elle n'avait pas perdu la raison. Quel affreux réveil! et surtout quel affreux revoir après une si longue séparation! Comme elle se sentit le cœur déchiré en songeant à la conduite odieuse d'un homme pour qui elle eût volontiers fait le sacrifice de sa vie! Ce ne fut qu'à grand'peine qu'elle put se traîner jusqu'à son humble demeure. Là elle se mit à réfléchir au parti qui lui restait à prendre. Mais toutes ses pensées furent si confuses qu'elle ne put se résoudre à rien. Elle comprit toute l'étendue de son malheur. Son excellente belle-mère, Dieu la lui avait ravie. Son frère marchait au lieu du supplice, et il avait peut-être déjà expié sa faute. Son mari, — horrible destinée! — était perdu à tout jamais pour elle. Tous les liens de son existence étaient brisés. Enfin il ne lui restait plus que ses enfants et ce ferme espoir dans la protection de Dieu qui n'abandonne jamais les malheureux.

Quelle angoisse plus profonde encore le cœur de Menzikoff éprouvait dans ce moment! Il avait froidement sacrifié le sentiment de sa dignité et de son devoir, sa conscience, sa femme, ses enfants, même la crainte de Dieu pour la faveur d'un homme changeant et périssable. Il avait tout mis en jeu pour une ombre, pour un néant. Mais l'heure du châtiment avait déjà sonné pour lui; car il ressentait une vive inquiétude, et, le remords dans l'âme, il se mit à arpenter à grands pas sa chambre au moment où il fut rentré dans sa demeure. Mille questions, également pressantes, s'imposèrent à son esprit tourmenté. Persévérerait-il dans la voie où il était entré, et repousserait-il définitivement sa femme? Ou quitterait-il la route séduisante de l'ambition pour rentrer dans son obscurité première? Il demeura longtemps indécis entre ces deux résolutions. Enfin l'esprit du mal l'emporta. Le misérable se décida à rompre un mariage qui l'eût privé des bonnes grâces de l'empereur et l'eût empêché de s'élever encore dans le monde. Seulement il ne se sentit pas assez de courage pour exécuter lui-même ce projet odieux et pour préparer une rupture complète. Il craignait de se voir ébranlé dans son infâme résolution s'il se présentait en personne devant sa femme et ses enfants, et qu'ils ne parvinssent à le ramener au sentiment de son devoir. Il chargea donc son intendant, homme habile et astucieux, d'aller négocier avec Matinka.

L'infortunée, en proie au plus amer chagrin, était assise dans sa modeste retraite. Ses enfants travaillaient en silence à la lueur d'une petite lampe, et levaient par intervalles leurs yeux remplis de larmes vers leur mère qui gémissait. Tout à coup elle poussa un cri en entendant frapper à sa porte et en voyant un homme entrer dans la chambre. Elle n'avait pu renoncer entièrement à l'espoir de voir revenir son époux.

Aussi le cri qu'elle poussa lui fut-il arraché par la déception qu'elle ressentit en se trouvant brusquement en face d'un étranger; car, au lieu de Menzikoff, qu'elle aimait toujours et qu'elle espérait revoir, c'était son ancien intendant.

CHAPITRE VI

LA SÉPARATION

Après avoir adressé à Matinka un salut peu cérémonieux, l'envoyé de Menzikoff lui dit :

« Mon gracieux seigneur serait en droit de vous faire d'amers reproches pour l'avoir exposé au plus grand danger par la démarche inconsidérée que vous avez faite aujourd'hui. Mais il vous les épargne, puisque vous devez déjà en être suffisamment punie. Par la faute que vous avez commise en donnant un asile à votre frère, qui était un des principaux insurgés, vous avez encouru la peine de l'exil en Sibérie. Il n'eût guère été difficile à votre mari de vous préserver de ce châtiment et même de sauver votre frère de la mort, si vous n'aviez pas, avec une imprudence sans exemple, fait une scène à jamais regrettable en présence de l'empereur irrité. Même, si le czar apprend que vous êtes réellement la femme de Menzikoff et que votre mari l'a induit en erreur à votre sujet, la vengeance impériale pourrait vous atteindre tous deux, vous seriez perdus l'un et l'autre, et vos enfants seraient orphelins. »

Ici l'intendant s'arrêta; Matinka se tordait les mains en silence.

« Pour vous sauver tous, reprit le messager du conseiller impérial, il n'y a qu'un seul moyen, et ce moyen c'est l'affection que mon maître vous porte à vous et à vos enfants qui le lui a suggéré.

— Eh bien ! quel est-il ? s'écria Matinka avec vivacité.

— Mon maître m'a chargé de vous le proposer, continua le négociateur comme s'il n'eût pas entendu la question que la pauvre femme venait de lui faire. Seulement c'est en présence d'une absolue nécessité et pour écarter le plus imminent danger qu'il a pu s'y décider.

— Au nom du Ciel, achevez donc ! reprit la femme.

— Si vous consentez à employer ce moyen, poursuivit l'intendant en accentuant chacune de ses syllabes, vous mettrez votre mari à l'abri de la juste colère du czar, vous sauverez votre frère de la mort, et vous n'aurez plus à craindre d'être exilée en Sibérie. Si vous aimez réellement votre mari, votre frère et vos enfants, vous n'hésiterez pas sans doute à saisir l'ancre de salut qu'il vous présente.

— Certainement ! certainement ! exclama Matinka avec feu. Mais ce moyen, quel est-il ?

— C'est, répliqua lentement l'envoyé de Menzikoff, la dissolution de votre mariage avec mon gracieux seigneur. »

En entendant ces paroles, elle chancela un instant et se cacha le visage dans ses deux mains.

« Matinka, choisissez, reprit l'intendant, et dites-moi quelle est votre décision. »

Mais elle n'eut pas d'abord la force de répondre. Ce ne fut qu'après quelques moments de silence qu'elle dit d'une voix tremblante :

« Comment se peut-il qu'il n'y ait pas d'autre moyen de salut que la rupture d'un mariage heureux et béni du Ciel ?

— Mais cela est clair comme le jour, répliqua l'homme officieux. C'est ainsi seulement que votre mari peut conserver le puissant crédit dont il jouit, et travailler en silence à ses intérêts sans s'exposer au reproche ni même au moindre soupçon de partialité.

— Toute autre chose, je la ferai, mais cela non! s'écria Matinka. Que mon mari fasse de moi la plus humble de ses esclaves...

— Il ne s'agit pas de cela; il s'agit ici d'une séparation.

— Je suis prête à me retirer avec mes enfants dans le coin le plus obscur de l'empire, repartit la femme en sanglotant. Personne ne saura qui est mon mari. Même je défendrai à mes enfants de prononcer devant qui que ce soit le nom de leur père. Mais consentir à une séparation, jamais.

— Ainsi vous ne voulez pas?

— Non, pas même au prix de mon existence.

— Fort bien. Votre époux vous laisse entièrement libre de votre choix. Allez donc crier dans toutes les rues de la ville: « Mon mari a menti au czar! Je suis réellement la femme de « Menzikoff! » Et vous verrez quel sera pour vous tous le résultat de votre obstination.

— O mon Dieu! dites donc à mon mari de faire ce qu'il jugera juste et bon. Je me soumettrai à sa volonté.

— Voilà précisément ce qu'il ne veut pas. C'est à vous, au contraire, à prendre une décision; car il n'entend pas que vous puissiez jamais lui faire le moindre reproche. Si vous consentez, il se laissera séparer de vous; si vous ne consentez pas, il se soumettra avec résignation à ce que la colère du czar décidera de lui.

— Exige-t-il donc que je me condamne moi-même à une séparation qui sera ma mort?

— Oui, répondit l'intendant. C'est à vous seule de trancher la question. En raison de l'affection que Menzikoff vous porte, il vous laisse décider de votre sort commun. »

Alors Matinka baissa la tête. Elle joignit les mains, et elle eut l'air de prier en silence. Après quelques moments elle dit à demi-voix au serviteur qui semblait attendre avec anxiété une réponse:

« Je n'entends pas que Menzikoff ait le droit de dire qu'il m'aime plus que je ne l'aime. Par amour pour lui je mourrais volontiers. Mais je puis faire autre chose que mourir. Par amour pour lui je consens à ce que nous soyons séparés l'un de l'autre. Qu'il reste grand, riche et heureux, pendant que je serai pauvre et abandonnée. Maintenant qu'il s'occupe de sauver mon frère de la mort.

— C'est bien, fit le rusé négociateur, qui parut tout satisfait du succès de sa mission.

— Un mot encore, ajouta Matinka en désignant ses deux enfants. Menzikoff consentira-t-il à me laisser l'unique bien qui me reste?

— Il ne s'est pas positivement expliqué à cet égard devant moi, répliqua l'intendant. Peut-être demandera-t-il que vous fassiez le partage, ce qui est facile quand il n'y a que deux enfants.

— Non, non, point de partage! exclama vivement la mère. Autant vaudrait me couper le cœur en deux.

— Oh! l'on s'entendra aisément à ce sujet, » répliqua le messager de Menzikoff.

Et il se retira.

Quelques jours plus tard, par une froide soirée de novembre 1697, Matinka, accompagnée de ses deux enfants, s'achemina lentement vers l'église Saint-André à Moscou. Une porte latérale, qu'elle trouva entr'ouverte, lui permit de pénétrer dans le temple, dont la vaste nef n'était éclairée que par une seule lampe, suspendue dans le voisinage de l'autel. La pauvre femme était pâle et défaite. Épuisée déjà par le court chemin qu'elle venait de faire, elle prit place sur une chaise voisine du chœur, tenant à sa droite Florent, à sa gauche Hélène. Plongée dans une douleur profonde, elle resta assise en silence, et ni l'un ni l'autre de ses enfants ne se hasarda à lui adresser la moindre parole.

Après quelques instants, un prêtre ou pope, comme on appelle en Russie les ministres de l'Église, entra dans le chœur et s'agenouilla au pied de l'autel. C'était un vieillard. Quelques boucles de cheveux blancs encadraient sa tête chauve et vénérable. Une longue barbe, aussi blanche que la neige, descendait de son menton et se détachait sur le vêtement de couleur foncée qui lui couvrait la poitrine, et sur lequel étincelait une croix d'or qu'il portait au cou. Pendant qu'il priait silencieusement devant l'image du Christ dont l'autel était surmonté, l'horloge de l'église se mit en mouvement et sonna neuf heures. En ce moment Matinka ressentit une inexprimable inquiétude, et on l'eût vue jeter autour d'elle des regards anxieux, comme si elle s'attendait à voir apparaître je ne sais quelle vision sinistre. Quelques minutes s'étaient à peine écoulées, qu'on entendit au dehors le roulement rapide d'une voiture qui s'arrêta à la petite porte latérale de l'église. Aussitôt Matinka éprouva un vif tressaillement, et elle saisit les mains de ses deux enfants, comme si elle eût senti le besoin de se soutenir. En même temps le pas lourd d'un cavalier résonna sur les dalles du temple. Un homme d'une taille élevée, et enveloppé jusqu'à la bouche des plis d'un large manteau, entra dans le chœur et s'agenouilla sur les marches de l'autel. Cet homme était Menzikoff lui-même. Matinka essaya de se lever de sa chaise; mais deux fois elle s'y affaissa, comme si ses forces eussent été subitement paralysées. Alors le vénérable pope eut pitié d'elle et la conduisit, en la soutenant de son mieux, à côté de son mari, qui faisait visiblement des efforts pour s'endurcir contre lui-même et gardait le plus profond silence. Quant à la pauvre femme, elle n'eût pu proférer une syllabe, tant elle semblait anéantie de douleur. La tête baissée, recueillie en elle-même, elle était debout, se soutenant à peine, à côté de l'époux qu'elle aimait si tendrement encore, mais dont elle n'osait plus se hasarder de toucher le manteau.

En ce moment le pope dit d'une voix grave et pénétrante:

« Ce que Dieu a uni sur la terre, l'homme ne le désunira point. Cependant, à cause de l'endurcissement de vos cœurs, comme s'exprime Notre-Seigneur Jésus-Christ, Moïse a ordonné qu'il vous soit délivré une lettre de divorce, afin d'épargner de plus grands malheurs encore à des époux qui ne s'accordent point entre eux [1]. Alexandre Menzikoff, es-tu décidé à rompre l'union que tu as contractée ici devant Dieu? Et toi, Matinka Natuschkin, y es-tu décidée pareillement?

— Oui, » répondit d'une voix ferme et sonore le conseiller impérial.

La réponse affirmative de sa femme fut comme le dernier soupir d'un mourant.

« Or, reprit le pope d'un ton solennel, tendez-vous la main l'un à l'autre en signe d'assentiment mutuel. »

Matinka posa sa main, aussi glacée que celle d'une morte, dans la main brûlante et nerveuse de Menzikoff. Celle de l'infortunée femme tremblait si convulsivement que Menzikoff en parut tout saisi d'émotion. Aussi bien n'était-ce pas la dernière fois qu'elle toucherait celle de son époux? Et n'y avait-il pas de quoi trembler à cette seule idée?

« Il y a dix ans, reprit le pope, je vous ai unis l'un à l'autre devant ce même autel. Aujourd'hui, je vous désunis, je vous délie du serment que vous avez prêté, je vous dégage de vos devoirs réciproques, et je vous sépare l'un de l'autre au nom du Père, du Fils, et du Saint-Esprit [2]. Puissiez-vous ne jamais vous repentir de l'avoir voulu! Et maintenant allez en paix. »

[1] Le pope, afin d'autoriser le divorce, se contente de retourner les paroles mêmes qui le réprouvent. Jésus-Christ, après avoir rappelé la tolérance accordée aux Juifs, ajoutait qu'il était venu la révoquer pour rendre le mariage à sa pureté et à son indissolubilité primitives.

[2] Contrairement à la morale de l'Évangile et de l'Église catholique, le schisme russe autorise le divorce; non content de *séparer ce que Dieu a uni*, il en est venu, par une cérémonie et des paroles sacriléges, à bénir les séparations comme les unions.

Menzikoff s'en alla, tandis que Matinka, incapable de bouger de sa place, s'affaissa sur elle-même, succombant sous le poids de sa douleur. Les deux enfants éclataient en sanglots. Mais à peine si leur père y fit attention. Seulement, quand il eut aperçu à côté de la chaise où sa femme avait été assise, le bonnet blanc de la petite Hélène et la tête blonde de Florent, il s'arrêta un moment et dit d'une voix douce et émue:

« Voulez-vous venir avec moi et demeurer avec moi?

— Non, non,» répondirent les enfants comme par une seule bouche; et ils s'élancèrent vers leur mère, qu'ils couvrirent de baisers en essayant de l'aider à se relever.

Menzikoff, irrésolu, resta quelques secondes encore à contempler ce groupe touchant.

Puis il s'en alla et disparut.

Depuis ce jour, personne ne parla plus de l'infortunée Matinka ni de ses enfants.

CHAPITRE VII

LE COMBLE DE LA FORTUNE

Dès lors plus rien n'empêcha l'ambitieux Menzikoff d'avancer dans la voie que son orgueil s'était ouverte, et de monter tous les échelons du bonheur terrestre. En moins de quelques années, il devint comte, prince, premier ministre d'État, feld-maréchal général. L'empereur lui donna de vastes domaines avec cent mille paysans, et le nomma duc d'Ingermanland. L'empereur d'Allemagne, le roi de Prusse et d'autres monarques firent de même, comblant de dignités le tout-puissant favori afin de se concilier sa faveur. Les trésors considérables qu'il devait à la générosité du czar, il chercha à les augmenter encore par toute sorte de moyens illicites; car la cupidité est la racine de tous les vices. Il détourna à son profit de grosses sommes destinées à des services publics, vendit des emplois à prix d'argent, et se laissa plus d'une fois gagner par des princes étrangers pour contrarier des projets politiques de son maître. Son trésor se composa bientôt d'au moins douze millions de francs. Aussi contracta-t-il un nouveau mariage avec une princesse russe, qui lui donna un fils et deux filles. Tout le monde honorait et redoutait le puissant Menzikoff. Les familles les plus considérables du pays briguaient sa faveur et s'épuisaient en flatteries pour lui complaire. Quand il sortait de son magnifique palais, dans sa voiture armoriée, toute dorée et traînée par six chevaux superbes, tous les corps de garde se mettaient sous les armes et battaient aux champs. Depuis le général du grade le plus élevé jusqu'au plus simple soldat, chacun le saluait avec respect, comme s'il eût été l'empereur lui-même. Aussi personne n'eût reconnu en lui le pauvre garçon pâtissier que l'on avait vu, quelques années auparavant, parcourir avec ses galettes les rues de la capitale.

Mais, hélas! mes jeunes lecteurs, n'enviez pas cet homme; car tout ce qui brille n'est pas or. Sur sa tête était constamment suspendue cette épée de Damoclès qui ne tenait qu'à un cheveu. Il le savait, quoique personne ne soupçonnât les soucis, les inquiétudes, les remords qui rongeaient secrètement son cœur. Au milieu des richesses dont il était comblé et des splendeurs d'un luxe que peu de particuliers ont pu égaler, il se sentait souvent le plus malheureux des hommes.

Bientôt le zénith des grandeurs fut atteint, et l'heure des humiliations allait sonner.

Le czar avait jeté les fondements d'une ville nouvelle sur les bords de la Néva, et il la destinait à devenir la capitale de son empire; ce fut la ville de Saint-Pétersbourg. Comme le terrain était humide et marécageux, il fallut l'assécher et l'affermir. Aussi des milliers d'hommes furent employés à ce travail. De tous côtés, et souvent de bien loin, on y apportait de la terre dans des sacs, sur des brouettes, sur des charrettes, par tous les moyens de transport. Il arriva un jour que Pierre le Grand eut envie d'inspecter l'état des travaux. Accompagné de Menzikoff, il se fit conduire en voiture aux environs de la nouvelle cité. Mais à peine le véhicule fut-il sorti de l'enceinte de la ville, qu'il arriva à un pont grossièrement formé de troncs d'arbres à moitié pourris et fort difficile à passer; car il y avait çà et là des trous, et il passait sur un marais où le moindre écart d'un cheval eût infailliblement fait verser voiture et conducteur. L'empereur ne se sentit pas de colère au moment où son carrosse atteignit ce dangereux passage. Avant de s'y engager, il cria d'une voix de tonnerre:

« Halte! »

Les chevaux s'arrêtèrent aussitôt comme si leurs pieds eussent pris racine dans le sol.

Puis, s'adressant à Menzikoff, le czar lui dit:

« Coquin! ne t'ai-je pas nommé inspecteur général de tous les ponts de l'empire? Regarde. Est-ce ainsi que tu gagnes les milliers de roubles que je te paie tous les ans? Et pourquoi ne prends-tu pas mieux à cœur ton office? Allons, descends un moment de la voiture, brigand que tu es! »

En disant ces mots l'empereur sauta lestement du carrosse. Menzikoff fit de même en tremblant de tout son corps. Quand il fut à terre, le czar prit le jonc qui lui servait de canne de promenade, et se mit à frapper d'importance sur le dos de son ministre d'État. Ce fut, à coup sûr, pour la foule des curieux qui était accourue sur les pas du monarque, un étrange spectacle que celui du prince modestement vêtu qui rossait à grands tours de bras un grand seigneur tout chamarré d'or, la poitrine couverte de plaques de tous les ordres, et docilement soumis à la violente correction qu'il recevait. Lorsque Pierre se fut suffisamment fatigué le bras et qu'il eut épuisé toute sa colère, il dit affectueusement à son favori:

« Maintenant, mon cher Menzikoff, nous continuerons notre chemin. »

Tous deux remontèrent en voiture, et l'empereur reprit gaiement la conversation, comme si rien ne se fût passé. Quant au ministre d'État, il n'osa pas même se frotter le dos, bien qu'il eût été battu comme plâtre, ni faire la moindre grimace de douleur. Au contraire, il lui fallut rire chaque fois que le czar riait.

Un autre jour, l'empereur avait été informé d'une nouvelle concussion de Menzikoff. Celui-ci le savait par un des nombreux espions qu'il entretenait autour de son maître, et il se mit à réfléchir aux moyens qu'il mettrait en œuvre pour déjouer les suites de la dénonciation portée contre lui. Mais, au moment où il combinait son plan de défense, il reçut une lettre qui l'invitait à dîner chez le czar. Il pâlit aussitôt de frayeur et se prit à trembler de tous ses membres. Il ne fut pas même capable de déguiser l'émotion dont il était saisi lorsque son valet de chambre lui passa son habit de gala. Il regardait en soupirant tout bas les croix et les plaques dont sa poitrine était couverte, et qu'il eût volontiers échangées en ce moment contre une bonne conscience. Le cœur rempli d'inquiétude, il traversa les groupes nombreux des courtisans, des officiers, des conseillers d'État, des ministres et des ambassadeurs qui se trouvaient réunis au palais, et qui le saluèrent respectueusement à son passage, bien que la plupart d'entre eux ne pussent s'empêcher de le détester cordialement. Ayant le pressentiment de l'humiliation qui l'attendait, il salua d'une manière extraordinairement respectueuse l'empereur et l'impératrice; après quoi il prit place à table en face du czar. Celui-ci avait l'air sérieux, et rien n'annonçait de sa part un accès de colère. Les trompettes et les timbales commencèrent à résonner, et le dîner fut entamé. Cependant Menzikoff ne manifestait pas le moindre appétit, et les plats passèrent devant lui sans qu'il y touchât. Seulement, par intervalles, il regardait d'un air inquiet l'empereur comme pour chercher à lire sur le visage de son maître ce qui se passait dans son âme. Mais les traits de Pierre gardaient toute leur sérénité. Un moment vint où la musique fit brusquement silence. Aussitôt tous les convives fixèrent les yeux sur l'empereur, qui, ayant fait signe à un de ses chambellans d'approcher, lui dit avec son sang-froid habituel :

« Va dans mon cabinet, et apporte-moi le papier plié que tu trouveras sur le guéridon de marbre placé sous la glace. »

Le chambellan sortit.

Au premier mouvement que Pierre avait fait, Menzikoff avait compris qu'il se préparait quelque chose. Aussi éprouva-t-il une indicible angoisse. Il crut qu'il allait suffoquer. Il lui semblait qu'il était assis sur des charbons ardents, et ses jambes tremblèrent.

Bientôt le chambellan revint et présenta le papier au czar, qui lui dit :

« Lis-nous ce qui est écrit dessus, mais lentement, à haute et intelligible voix. »

En entendant ces paroles, Menzikoff se sentit glacé. Il crut tomber à la renverse en voyant l'expression de la colère apparaître subitement sur le visage de l'empereur, et celui-ci lui faire du doigt signe de se lever. Sans dire le moindre mot, le favori se leva de son siége, pitoyable image d'un criminel debout devant son juge. Le chambellan ne paraissait pas moins embarrassé. Après avoir adressé à Menzikoff un regard presque suppliant, comme pour lui demander d'avance pardon de ce qui allait arriver, il commença à lire d'une voix mal assurée :

« Alexandre Menzikoff, fils d'un misérable paysan, fut tiré « de la poussière par la faveur de son souverain, et élevé du « rang de simple garçon pâtissier aux plus hautes dignités « de l'État. Grâce aux éminentes qualités dont il était doué, « aux connaissances peu communes qu'il possédait, à l'infa- « tigable activité dont il faisait preuve, il s'était concilié les « bonnes grâces de son empereur, qui l'a comblé de richesses. « Mais il n'a pas toujours répondu à la juste attente de son

« maître, et il a souvent payé de la plus noire ingratitude les « bontés dont il a été l'objet. L'énumération des actes injustes « et condamnables qu'on pourrait lui reprocher remplirait « tout un volume. Il se vante de la longanimité de son empe- « reur, qui l'a déjà châtié en faisant connaître au public ses « prévarications; mais il vient d'en augmenter le nombre par « le fait d'avoir encaissé à son profit, pendant deux années, « la solde d'un régiment qui n'existait point. »

Le chambellan, après avoir achevé sa lecture, plia le papier et attendit les ordres ultérieurs du czar.

Pendant tout le temps que cette lecture avait duré, Menzikoff n'avait cessé de grincer des dents, et de promener à la dérobée les yeux sur ses compagnons de table pour essayer de surprendre sur quelque visage un sourire de satisfaction ou l'expression de l'ironie. Mais aucun d'eux ne fut assez imprudent pour laisser apparaître ce qui se passait en lui, de crainte de s'exposer à l'implacable vengeance du favori soumis à une si profonde humiliation. Ils tinrent tous, de même que le couple impérial, les yeux fixement abaissés sur leur assiette, bien qu'aucun ne se hasardât à troubler, par le bruit d'une fourchette ou d'un couteau, la lecture qui se continuait.

Celle-ci étant terminée, Pierre lança un regard sévère au prince, et lui dit en accentuant avec force chacune de ses syllabes :

« Menzikoff, si j'ai voulu t'humilier de la sorte, c'est que tu l'as bien mérité. Depuis longtemps tu sais quel genre de châtiment je te ménage chaque fois que tu te rends coupable de quelque méfait. Je tiendrai religieusement la promesse que je t'ai faite de ne pas te punir de mort. Seulement, fais en sorte de ne pas m'obliger par quelque nouvelle infamie à répéter la scène d'aujourd'hui ou à mettre de nouveau ma canne de jonc en contact avec tes épaules comme au pont de Saint-Pétersbourg. »

Ainsi se termina cette scène pénible.

Le dîner étant fini, l'empereur et toute la cour passèrent dans une autre salle, où les tables de jeu se trouvaient dressées. Menzikoff fit une partie de cartes avec l'impératrice et avec deux dames de sa suite, et il joua comme si rien n'était avenu. Cependant le calme qu'il affecta était sans doute loin de son cœur, comme nos jeunes lecteurs peuvent bien se l'imaginer. Du reste, tout n'était pas fini; car chaque jour a son lendemain, et le lendemain, le favori impérial fut obligé, sur un ordre formel du czar, de restituer les deux cent mille roubles qui avaient été le bénéfice de sa prévarication.

En 1725, le czar Pierre mourut. L'impératrice Catherine Ire lui succéda sur le trône de Russie.

Ce changement de souverain, loin de compromettre la fortune de Menzikoff, l'affermit de plus en plus. Aussi bien ç'avait été grâce à l'intervention de son favori que le jeune czar avait pris pour femme Catherine, ou plutôt Marthe Rabe, et l'avait élevée jusqu'à lui, quoiqu'elle ne fût qu'une simple fille du peuple. Dans la nouvelle administration de l'empire, ce fut particulièrement Menzikoff qui eut tout à dire et dont la main se fit sentir en toutes choses. Le règne de son ancienne protégée ne fut à proprement parler que son règne à lui. Dieu sait s'il se fit faute d'exercer autant qu'il put sa toute-puissance. Tous ceux qui l'avaient desservi auprès de Pierre le Grand, il les fit exiler en Sibérie. Tout se faisait par lui, et beaucoup pour lui. Cependant ces beaux jours ne durèrent pas longtemps, malgré son désir de les voir se perpétuer. L'impératrice alla rejoindre son mari dans la tombe en 1727, laissant le trône à un prince âgé de treize ans à peine, son petit-fils Pierre II. Menzikoff put se croire un instant perdu. Mais un testament de Catherine l'avait investi de la régence de l'empire durant la minorité du czar, dont il fut aussi le tuteur. De sorte que son orgueil ne connut plus de bornes. Il alla jusqu'à vouloir devenir le beau-père de son souverain, et fiança l'aînée de ses filles avec le jeune Pierre. Le mariage devait s'accomplir dans un temps très-prochain.

Mais la patience de Dieu s'était lassée, et le moment était venu où la voix du Ciel devait dire à l'insatiable ambitieux : « Tu viendras jusqu'ici, mais tu n'iras pas plus loin. »

CHAPITRE VIII

LE MODÈLE DES SERVITEURS

Peu de temps après ces importants événements, pendant une nuit où il n'avait pu fermer l'œil, Menzikoff se rappela qu'il avait négligé d'expédier un ordre impérial qu'il devait faire partir. Aussitôt il tira le cordon de la sonnette qui pendait à son chevet, afin d'appeler un serviteur, chargé de veiller dans l'antichambre. Mais celui-ci ne fit pas mine de bouger. Un deuxième coup de sonnette, et il ne bougea pas davantage. Furieux de voir que personne ne répondait à son appel, le prince sauta à bas de son lit, et ouvrit doucement la porte du cabinet où le veilleur devait se trouver présent. En effet, il aperçut le jeune homme assis à une table, ayant le dos tourné vers la porte et tenant une plume à la main, comme s'il eût été en train d'écrire une lettre, et que, tout absorbé par la pensée qui le préoccupait, il n'eût pas entendu sonner à deux reprises.

Toujours soupçonneux, comme les gens qui n'ont pas la conscience tout à fait pure, Menzikoff voulut savoir ce que son veilleur écrivait avec une attention si soutenue.

Qui sait? se disait-il en lui-même, c'est probablement un

espion qui tient ses notes pendant qu'il me croit livré au sommeil. Assurons-nous-en.

Et, se glissant doucement dans le cabinet, il s'avança sur la pointe des pieds jusque derrière la chaise du nocturne écrivain. Là il s'arrêta et regarda un instant par-dessus l'épaule du jeune homme. Mais tout à coup il s'écria, en voyant tracer son nom :

« Tiens, qu'est-ce que cela? »

Effrayé comme si quelque voix infernale eût frappé ses oreilles, le jeune homme se leva brusquement de sa chaise. Dans le trouble où il était, il ne sut s'il devait se jeter aux pieds de son maître ou chercher à se soustraire à sa colère par la fuite. Ses lèvres s'agitaient comme s'il eût essayé de balbutier des excuses que sa voix était incapable de produire.

« Ah! je t'ai surpris la main dans le sac, misérable que tu es! » exclama Menzikoff en s'emparant vivement du papier où il s'attendait à trouver tout un tissu de trahisons.

Puis il se mit à parcourir rapidement des yeux l'écrit qu'il venait de saisir. Mais, à mesure qu'il avançait dans la lecture mentale qu'il en faisait, vous eussiez vu s'éclaircir les traits de son visage. En même temps, le jeune homme se remit peu à peu de son émotion, et il parut attendre avec le plus grand calme ce qui allait avenir.

Sa lettre était conçue en ces termes :

« Chère mère,

« Il y a bien longtemps que vous n'avez reçu de mes nou-
« velles. Si je ne vous ai pas écrit plus tôt, n'allez pas croire
« que c'est parce que je vous ai oubliée; mais soyez assu-
« rée que le temps m'a manqué pour vous écrire. Grâce à
« ce retard, je puis vous donner des nouvelles d'autant plus
« agréables. Car, il faut que vous le sachiez, j'ai été assez heu-
« reux pour me voir admettre au nombre des serviteurs de
« ce grand prince Menzikoff, dont vous nous parliez si sou-

« vent quand nous étions encore enfants. Ah ! quelle émotion « étrange j'ai ressentie en entrant dans la maison de cet homme, « qui est si généralement honoré et qui est si riche ! On m'a- « vait un peu effrayé en me disant qu'il est fier, irascible et « méchant. Mais, depuis que je suis chez lui, j'ai pu recon- « naître par moi-même qu'il est loin d'avoir ces défauts. Il « n'est pas précisément un ange du Ciel, mais il ne manque « pas d'excellentes qualités. Jusqu'à présent, je n'ai pas eu « sérieusement à me plaindre de lui. Du reste, je crois que, « si l'on fait ponctuellement son devoir, on n'a pas à craindre « qu'il soit homme à chercher la moindre chicane à qui que « ce soit d'entre nous. A la vérité, il y a une foule de gens, « grands seigneurs et pauvres diables, qui frappent constam- « ment à la porte du prince, qui le tourmentent et qui sol- « licitent toujours quelque chose, tellement que c'est une « persécution. Il ne faut donc pas s'étonner que la bombe « éclate quelquefois et que mon maître tempête contre ces « importuns, ni plus ni moins qu'autrefois Samson contre les « Philistins. Mais, chère mère, le prince a deux petites filles « charmantes, douces et belles comme de petits anges ; puis « un fils, comme devait en avoir un si illustre personnage, « et qui est si brave déjà, qu'on peut hardiment prédire qu'un « jour il culbutera, à lui seul, tout un régiment de hussards « suédois. Madame la princesse est aussi une personne dont « je ne saurais assez faire l'éloge. Elle m'a déjà, une couple « de fois, appelé « Mon cher Michaelow », en me donnant un « rouble pour avoir fait quelque commission. Chère mère, « je vous envoie, dans cette lettre, trente roubles d'argent que « j'ai pu économiser. Mon maître me donne de très-beaux « gages, auxquels vient se joindre tantôt quelque gratifica- « tion, tantôt quelque pourboire. Enfin, je gagne encore plus « d'un rouble en me chargeant de veiller, la nuit, dans l'an- « tichambre du prince, au lieu de mes camarades de service. « Cette nuit est la troisième que je passe sans dormir. »

C'est ici que Menzikoff avait interrompu le jeune homme. Il ne se sentit nullement offensé du portrait que son serviteur avait fait de lui. Au contraire, il se trouva plutôt flatté du langage naïf d'un enfant qui ne parlait qu'avec son cœur; car il savait, à son heure, être noble et généreux. Il fit donc entrer le jeune veilleur dans sa chambre à coucher, et lui remit la dépêche en lui ordonnant de descendre chez l'officier de service et de le prier de faire parvenir le pli à son adresse. Après quoi il tira de sa bourse une poignée de pièces d'or et dit au jeune homme tout interdit :

« Tiens, envoie cela à ta mère, parce qu'elle a fait de toi un si bon fils. Un garçon comme toi ne saurait manquer d'être un serviteur honnête et loyal. Si tu ne te laisses pas gâter par d'autres, tu n'auras jamais à craindre que je tempête contre toi comme Samson contre les Philistins, ou comme le czar Pierre contre les Suédois à Pultawa. J'ai grand besoin d'un homme sur la droiture duquel je puisse compter; car je sais fort bien qu'il y a parmi mes gens beaucoup de vipères venimeuses. M'aider à les découvrir et à me préserver de leurs morsures, tu le peux, en me faisant connaître confidentiellement tout ce qui te paraîtra suspect dans les allures de tes camarades. Ce sera là le meilleur moyen de me témoigner ta reconnaissance. S'il m'arrive parfois de te gronder ou de te malmener un peu en présence de tes compagnons de service, songe bien que l'affaire n'est pas sérieuse. Et maintenant, bonsoir. »

Ce fut avec une vive émotion et une joie non moins vive que Michaelow remercia son généreux maître, et il continua à se montrer le plus dévoué des serviteurs de Menzikoff. Cependant il se garda d'entreprendre l'odieux rôle de délateur, et de trahir le moindre mot inconsidéré qu'ils pussent dire ou la moindre faute dont ils pussent se rendre coupables. De son côté, le prince n'avait aucunement l'air de l'observer. Il le traitait, au contraire, avec une ostensible indifférence. Seulement, quand il se trouvait seul avec lui, il semblait prendre plaisir à lui parler d'une manière d'autant plus affectueuse.

Un jour, cependant, le prince agit envers son fidèle Michaelow avec l'injustice la plus criante. De but en blanc, et sans aucun motif réel, il accabla le pauvre enfant d'injures et menaça de lui faire donner le knout et de l'envoyer en Sibérie. Dans l'emportement de sa colère, il refusa d'écouter le moindre mot de justification. Puis il laissa le pauvre garçon tout abasourdi et presque anéanti au milieu de ses camarades. Après quoi il se retira dans son cabinet.

Michaelow ne comprenait rien aux motifs du traitement injuste dont il venait d'être l'objet. Il en était désespéré, et, le cœur navré, il s'assit dans un coin de la chambre où la domesticité du palais se tenait d'ordinaire. Là il s'accouda sur une table, et se cacha le visage dans les deux mains en pleurant à chaudes larmes. Il aurait donné volontiers toute la poignée de pièces d'or dont le prince l'avait gratifié, s'il avait pu empêcher la scène affreuse dont il avait été la victime. Dans sa douleur, il ne remarqua pas que tous ses camarades s'étaient successivement retirés, à l'exception d'un seul qui s'appelait Karpakan, et qui lui avait toujours témoigné un peu plus d'attachement que les autres. Après quelques moments de silence, celui-ci lui dit :

« Allons, Michaelow, pour oublier ce qui vient de se passer, buvons une bonne bouteille de vin. Il n'est rien de tel pour donner un autre cours aux idées. »

En disant ces mots, il tira d'une armoire un flacon et deux verres qu'il remplit, et il but coup sur coup à la santé de son collègue.

« C'est un bien singulier personnage que notre maître, reprit Karpakan. On n'est jamais sûr de rien faire à son gré. Car moi aussi je pourrais me plaindre des nombreuses injustices dont il m'a fait souffrir. Dans les temps où nous sommes, il ne suffit plus d'avoir un cœur droit et loyal pour avancer dans le monde. Les hypocrites et les flatteurs font leur chemin bien plus vite et plus aisément. Que faire à cela? Il faut hurler avec les loups, si l'on ne veut s'exposer à être mangé par eux. A la vérité, tous les maîtres ne sont pas aussi mauvais que le seigneur Menzikoff. Je n'en veux pour exemple que le jeune prince Dolgoroski. Chez lui, chaque domestique est presque un prince lui-même, bien que ce seigneur ne soit pas, à beaucoup près, aussi riche que le nôtre. Pour une simple complaisance, pour le plus simple renseignement sur ce qui se passe dans le palais Menzikoff, il donne, assure-t-on, une poignée d'or. Si je savais seulement quelques-unes de ces petites nouvelles-là, je pourrais, sans beaucoup d'embarras, gagner une jolie petite somme. Tu n'as qu'à faire entendre, de loin, au jeune Dolgoroski que tu es disposé à satisfaire sa curiosité, et il te glissera plusieurs bons roubles dans la main. Je te fais cette confidence par pure amitié. Mais garde-toi bien d'en parler jamais à personne, de crainte que le nombre des concurrents ne devienne trop grand. »

Michaelow ne prêta qu'une médiocre attention à ce bavardage. Cependant il lui arriva une singulière histoire quelques jours plus tard. Son maître lui ayant remis une lettre destinée au trésorier général de l'empire, il se disposa à remplir immédiatement sa commission. Mais, au bas de l'escalier, il fut arrêté par Karpakan, qui lui demanda à qui était adressée la missive qu'il tenait à la main. Michaelow ne répondit mot; car il se souvint de l'étrange confidence que son compagnon lui avait faite.

« Si tu veux, reprit celui-ci, j'irai faire la course pour toi. »

Cette proposition ne fit que rendre ses intentions plus suspectes encore. Aussi Michaelow lui répondit-il :

« Non, non. Monseigneur aurait le droit de me faire des reproches, car j'agirais contre ses ordres formels.

— Écoute, insista Karpakan en baissant discrètement la voix. Je te jure que, si tu veux me confier cette lettre pendant dix minutes seulement, je te donnerai un rouble pour chaque minute. Après je te la rends tout à fait intacte, et tu l'iras porter toi-même à son adresse.

— Il est inutile de m'arrêter plus longtemps, répliqua Michaelow; car, je le vois bien, tu veux me mettre à l'épreuve, et t'assurer si je suis fidèle aux ordres de mon maître.

— Brave Michaelow! exclama en ce moment le tentateur. Tu as heureusement supporté l'épreuve à laquelle j'ai voulu te soumettre. Sache que notre maître éprouve de la même façon tous ses serviteurs, et qu'il donne toujours cette mission à ceux d'entre eux qui ont le plus de droit à sa confiance. C'est moi qu'il a chargé de m'assurer de ce que tu vaux, et je vais, de ce pas, lui faire connaître ton inébranlable fidélité. Tu peux dire que ta fortune est faite, mon brave ami. »

Karpakan proféra ces paroles d'un ton hypocritement affectueux, et, suivant des yeux son camarade qui s'en alla aussitôt, il se mit à grincer les dents et à se dire en lui-même:

« Voilà une bouteille de vin inutilement sacrifiée l'autre jour à cet imbécile. Mais c'est égal, nous aurons soin de lui faire obtenir le prix de sa fidélité. »

En disant ces mots, ses lèvres se contractèrent en un rire sardonique.

Toutefois Michaelow crut devoir révéler au prince ce qui s'était passé entre lui et Karpakan.

« C'est bien, mon fils, répondit Menzikoff après avoir écouté jusqu'au bout le récit du jeune homme. Ne dis pas le moindre mot de tout cela à personne, et sois sans inquiétude. »

Quoi que son maître eût pu lui dire, Michaelow se vit, quelques semaines plus tard, soumis à une nouvelle épreuve. Quatre chandeliers d'argent avaient disparu après un dîner que le prince avait donné à plusieurs grands dignitaires de l'État. Ce vol audacieux ne pouvait avoir été commis que par un des domestiques du palais. Aussi l'intendant fit-il un tapage effroyable, disant qu'il voulait à tout prix que les chandeliers fussent retrouvés. On fouilla jusqu'à la chambre la plus modeste du palais, depuis la cave jusqu'au grenier, et l'on finit par les retrouver cachés au fond du lit de Michaelow. Celui-ci faiblit et tomba à la renverse quand on lui montra les chandeliers et qu'on lui eut dit où on les avait découverts.

On ne pouvait se dispenser de donner connaissance au prince de ce qui venait de se passer. Aussi fit-il réunir toute la domesticité dans son salon. Michaelow fut présent, humilié de voir toutes les prunelles se fixer sur lui, mais ne comprenant rien aux regards narquois que Karpakan lui lançait par intervalles. Quand tous les serviteurs du palais se trouvèrent rassemblés, Menzikoff apparut au milieu d'eux. Son premier soin fut de chercher des yeux Karpakan. Quand il l'eut aperçu, il laissa éclater toute sa colère.

« Misérable ! s'écria-t-il d'une voix terrible, c'est toi qui as volé les chandeliers et qui les as cachés dans le lit de Michaelow pour compromettre cet honnête garçon, qui avait refusé de se faire le complice des odieuses trahisons que tu médites ici contre moi-même. Pour perpétrer cet acte infâme, tu t'es servi d'une fausse clef de la chambre de Michaelow, que tu as fait faire par le serrurier Frasikoff et que tu tiens cachée sur ta poitrine dans un petit sac de cuir. Misérable ! je sais tout ce qui se passe dans ma maison. Je sais même que tu sers ici d'espion à nos ennemis. Mais les traîtres recevront le châtiment qu'ils méritent, comme toi tu recevras le tien. »

S'adressant ensuite à deux valets d'écurie :

« Vous, leur dit-il, fouillez ce coquin. »

Le visage couvert d'une pâleur cadavérique, anéanti, tremblant de tous ses membres, Karpakan n'eut pas la force de produire le moindre mot pour sa justification. On trouva sur lui la fausse clef enfermée dans un petit sac de cuir, comme Menzikoff l'avait dit. En présence de cet objet, il ne put plus nier son crime, et il fut immédiatement emmené pour être conduit en Sibérie.

Resté seul en face de ses gens, Menzikoff leur dit d'une voix sévère et menaçante :

« Gardez-vous tous de me tromper ou de me trahir. Je vous connais à fond; et, si le traître qui est encore caché parmi vous a été épargné par moi jusqu'à ce jour, qu'il soit bien convaincu que je n'ai pas mis la main sur lui uniquement pour lui laisser le temps de combler la mesure. Quant à toi, Michaelow, pour la peur que tu as eue, tu recevras la valeur des quatre chandeliers. Ce sera une compensation de ce que tu as eu à souffrir en te voyant faussement accusé, et ce sera en même temps une récompense due à ta loyauté. »

Le prince avait été mis de la façon la plus naturelle au courant de toutes les circonstances qui avaient précédé et accompagné le vol. Son attention ayant été attirée sur Karpakan par la révélation de Michaelow, il avait chargé ses espions d'observer tous les pas et toutes les allures du domestique infidèle, et de cette façon il avait appris ce qui s'était passé.

Il sut tirer parti de cet événement avec une habileté extrême pour confirmer tous ses domestiques dans l'idée qu'il ne se passait rien parmi eux dont il ne fût parfaitement informé. Aussi la scène dont ils venaient d'être témoins fit-elle sur eux la plus vive impression. Michaelow fut cependant celui d'entre eux qui en tira le plus d'avantages; car toute la trame ourdie par Karpakan avait été pour l'honnête garçon l'occasion de voir tomber dans son escarcelle une bonne quantité de pièces d'or, et de recevoir une nouvelle preuve de la générosité et de l'affection de son maître, que, du reste, il aimait chaque jour davantage.

On porte au compte de Menzikoff toutes sortes de mauvaises choses, pensait-il en lui-même. Il se peut que tout ce qu'il fait ne soit pas rigoureusement conforme aux principes de la justice; mais il ne m'appartient pas de me constituer le juge de mon maître. Mon devoir est celui d'un loyal serviteur, et ce devoir je veux le remplir jusqu'au bout.

Il venait précisément de recevoir le paiement du prix des chandeliers, quand un jeune garçon entra dans la chambre des domestiques et demanda à parler à Michaelow. Une femme accompagnée d'une jeune fille désirait, disait-il, causer un instant avec lui et l'attendait à la porte du palais.

« Hum ! grommela Michaelow en lui-même, je n'ai pas tant de connaissances à Saint-Pétersbourg, et il m'est fort difficile de deviner quelles peuvent être les deux personnes qui désirent me voir. »

Aussitôt il descendit, et trouva, en effet, à la porte une femme revêtue d'un costume de villageoise des environs de Moscou et accompagnée d'une jeune fille accoutrée de même.

« O chère mère ! » exclama Michaelow tout transporté de joie après avoir un instant regardé la femme.

Puis il se jeta successivement au cou de sa mère et de sa sœur, et les embrassa avec transport.

« Mon Dieu ! reprit-il, quel miracle vous amène ici ?

— Un miracle que tu as fait toi-même, répondit Matinka. Nous croyions ne pas pouvoir mieux employer une partie des roubles dont tu nous as gratifiées qu'à faire le voyage de Saint-Pétersbourg, d'abord pour te voir, ensuite pour visiter la nouvelle ville dont on parle tant chez nous.

— Vous avez très-bien fait, mère chérie, répliqua l'heureux fils. Mais je prends à mon compte les frais de votre voyage. Car, voyez-vous, ajouta-t-il en frappant d'une main sur sa poche, j'ai ici de quoi faire dix fois la route.

— Mon enfant, repartit la mère, je suis presque effrayée de te voir en possession de tant d'argent. Ton maître doit en avoir beaucoup s'il donne à tous ses domestiques des gages qui leur permettent de faire de pareilles économies. »

Pour toute réponse, Michaelow se mit à raconter l'histoire des quatre chandeliers. Après avoir entendu ce récit, la bonne femme, qui paraissait tout émue de la générosité du prince, essuya une larme qui roulait dans ses yeux et reprit :

« Ah ! s'il a tant de bontés pour toi, comment a-t-il pu se montrer si dur pour...? »

Ici elle s'arrêta comme si elle eût craint d'achever sa pensée.

« Vous voulez dire pour d'autres gens souvent très-importants, ajouta le fils. Mais n'en parlons pas. Cela ne nous regarde point.

— Tu ne comprends pas ce que j'ai voulu dire, cher enfant. Mais, dis-moi, comment se comporte-t-il à l'égard de sa femme et de ses enfants?

— Parfaitement bien, je puis vous l'affirmer. Ils n'ont qu'à manifester un désir pour qu'il le satisfasse. »

En ce moment la mère poussa un soupir, et abaissa les yeux vers la terre pour mieux dissimuler les larmes dont ils s'étaient remplis.

« Comment pourrions-nous réussir à le voir, continua-t-elle, de loin et sans qu'il puisse nous observer?

— Oh ! cela ne sera pas difficile, répondit Michaelow. Tous les jours l'antichambre est remplie de gens qui attendent le prince au passage pour lui présenter leurs requêtes. Mais il se borne ordinairement à traverser la foule sans regarder personne. A cette occasion, vous pouvez le voir d'aussi près que vous voudrez.

— Cher Florent,... » dit en ce moment Hélène avec vivacité.

Mais la mère, effrayée d'entendre sa fille prononcer le véritable nom de son frère, la poussa légèrement du coude comme pour lui faire comprendre qu'elle avait commis une imprudence, et elle regarda avec précaution autour d'elle.

« Ma foi, reprit Hélène en riant, j'avais oublié qu'ici tu ne t'appelles que Michaelow. Pourtant Florent n'est pas un nom de malfaiteur. Mais, puisque la mère le veut, je m'appliquerai à ne t'appeler que Michaelow pour lé moment. Bref, cher frère, ne pourrais-tu pas nous faire voir l'appartement du prince? Je voudrais me former une idée de l'intérieur d'un si grand personnage.

— Cela se pourrait bien, répliqua le jeune homme; mais ce ne sera que lorsque le prince ne dinera pas chez lui. Je demanderai à l'intendant de Monseigneur l'autorisation de vous introduire, et je suis convaincu qu'il ne me la refusera pas.

— Oui, fais cela, » dirent la mère et la fille comme par une seule bouche.

Michaelow fit un signe d'assentiment et voulut ouvrir les lèvres pour répondre, lorsque tout à coup un splendide carrosse glissa à côté des trois interlocuteurs et entra dans le palais avec la rapidité de l'éclair.

A l'apparition du véhicule, le jeune homme avait ôté vivement son bonnet.

« C'est le prince, dit-il en remettant son bonnet sur la tête. Il faut maintenant que je vous quitte; car je suis de service auprès de Monseigneur. Mais je serai libre à quatre heures. A quelle auberge êtes-vous descendues, afin que j'aille vous y rejoindre? »

La mère n'avait rien entendu de ce que son fils venait de dire. Au moment où le carrosse était apparu, elle avait affreusement pâli, et s'était mise à le suivre d'un œil fixe jusqu'au moment où il eut franchi le seuil de la porte: de manière qu'Hélène se hâta de répondre à la question de son frère, qui prit rapidement congé des deux femmes et s'en alla aussi vite qu'il put.

Le prince devait avoir obtenu quelque nouvelle faveur ou reçu quelque agréable nouvelle; car il montra la meilleure humeur lorsque Michaelow l'aida à se débarrasser de son uniforme de cour:

« Michaelow, lui dit-il, je viens de te voir engagé dans une conversation avec une bien gracieuse jeune fille. Je craignais presque que tu ne m'eusses oublié.

— Il n'est pas à craindre, Monseigneur, que j'oublie mon devoir, reprit Michaelow respectueusement, bien que je fusse tout transporté de joie. C'étaient ma mère et ma sœur qui sont arrivées inopinément à Saint-Pétersbourg pour me voir.

— Bien, reprit Menzikoff. Je me figure aisément quelle a dû être tà joie. Ta mère habite-t-elle loin d'ici?

— Oui, Monseigneur; elle demeure dans le voisinage de Moscou, au village de Semesnouski. »

En entendant cette réponse, le prince pâlit légèrement. Il devint pensif et garda pendant quelques moments le silence. Puis il reprit:

« Et de quelle manière comptes-tu amuser ta mère et ta sœur pendant leur séjour dans la capitale?

— Elles ne désirent rien tant que de voir Votre Altesse, puis encore..., si toutefois Votre Altesse les y autorise, l'intérieur du palais.

— Sans aucun doute, repartit Menzikoff, qui parut flatté. C'est un désir bien facile à satisfaire, et tu peux leur donner cet agrément aujourd'hui même; car je dîne en ville avec la princesse et avec les enfants. Pendant que nous serons sortis, tu peux à ton aise promener ta mère et ta sœur dans tous mes salons. Seulement n'oublie pas de prévenir le cuisinier, afin qu'il prépare un petit dîner pour tes deux visiteuses, que tu ne peux pas laisser partir l'estomac vide. »

Touché de la bonté du prince, Michaelow lui baisa la main en signe de remerciment, et courut, lorsque le prince et sa famille furent sortis, chercher sa mère et Hélène pour les introduire dans le palais.

Cependant, durant cette visite, Matinka sembla préoccupée beaucoup plus d'elle-même que de tout le luxe qui l'environnait.

« Mon Dieu! s'écria Hélène aussitôt qu'elle eut mis le pied

sur le parquet d'un des salons, comme ce plancher est luisant et poli ! On dirait une armoire de bois de noyer.

— Oui, dit la mère, poli comme la langue des grands seigneurs. Comme on y glisse aisément !

— Je dois l'avouer, répondit Michaelow, j'ai été bien inquiet en posant pour la première fois les pieds sur ce parquet. Je tremblais de tout mon corps quand il me fallait porter à table quelque plat de service. Si je glissais, bon Dieu! me disais-je en moi-même. Mais aujourd'hui je ris de la peur que j'avais alors.

— Tout comme les grands seigneurs rient des dangers qui les environnent de toutes parts, fit observer Matinka.

— Hé ! mère, regarde donc l'énorme miroir que voilà ! » exclama Hélène.

Et, se plaçant devant la glace, elle se mit à y regarder avec complaisance son image des pieds à la tête.

« Ah ! les hommes, que n'y peuvent-ils aussi voir se refléter leurs défauts et leurs vices ! murmura Matinka en hochant la tête.

— Hé ! mère, s'écria Michaelow à son tour, vous semblez en proie à une mauvaise humeur qui ne vous est pas naturelle. Au lieu d'admirer toutes les belles choses qui nous entourent ici, vous avez l'air mélancolique.

— Tu as raison, mon fils. Le langage que je tiens pourrait sembler inspiré par l'envie, et le bon Dieu me préserve d'un vice semblable.

— Regardez donc un moment ici, reprit Michaelow en conduisant sa mère devant une cheminée. Voilà une pendule magnifique, n'est-ce pas? Beaucoup de rois n'en ont pas une pareille. La figure de cet homme qui tient d'une main le sablier et de l'autre une faux, représente le dieu du Temps. On dit qu'il mangea ses propres enfants parce qu'on lui avait prédit que son fils le précipiterait du trône. En effet, la prédiction se réalisa; car sa femme, lui ayant donné un fils, le cacha et présenta à son mari un gros caillou enveloppé dans une peau de chèvre, en lui disant que c'était le nouveau-né. L'époux confiant, sans s'apercevoir de la fraude, prit le paquet et l'avala. Mais, lorsque le fils, élevé en sûreté, fut devenu grand, il précipita son vieux père du trône du ciel et s'y assit lui-même. C'est ainsi que l'histoire païenne raconte l'événement. Je ne sais si elle dit vrai. Mais les ailes que le vieil homme porte aux épaules signifient que le temps s'envole avec une rapidité extrême, et la faux dont il est armé veut dire qu'il fait tomber les hommes comme un faucheur abat les épis dans un champ de blé.

— Belle histoire des dieux païens ! exclama Matinka presque avec colère. Un père qui dévore ses enfants ! Fi ! quel abominable exemple ! Ah ! je ne m'étonne plus de voir un père repousser sa femme et ses enfants quand ils sont un obstacle à son ambition et à sa cupidité. Une mère ne serait pas capable d'agir de la sorte. Puis, quel fils dénaturé qui ne recule pas devant l'idée de maltraiter son vieux père aveugle ! Notre Dieu à nous a eu bien raison de dire que l'on est toujours puni par où l'on pèche. Et ce vieillard était frappé de cécité ? Être un dieu, et être aveugle ! Non, non, qu'on ne me parle plus de ces histoires-là. Le Dieu que nous adorons, comme il est bon en comparaison de celui dont tu viens de raconter les abominations ! Il n'est pas aveugle, lui, et il ne se laisse pas tromper, en dépit des hypocrites qui croient que c'est possible. Et comme il est bon le Fils de notre Dieu ! Au lieu de détrôner son Père, il quitte le trône du ciel, il prend la forme d'un homme indigent et meurt par soumission à son divin Père et par amour pour les hommes. »

La pauvre femme, s'animant de plus en plus, avait presque perdu le souffle. Aussi garda-t-elle pendant quelques moments le silence, sans cesser de regarder avec une vive attention le dieu d'or, muni de sa faux et de son sablier.

« Je m'étonne seulement, reprit-elle, que les grands personnages puissent tolérer dans leurs salons une pareille image, qui doit leur rappeler l'idée de leur fin plus ou moins prochaine. Car ils tremblent généralement quand on leur parle de mourir, et l'ange de la mort, qui est une consolation pour les petites gens comme nous, est toujours un spectre effroyable pour eux...

— Mère, interrompit Michaelow, je vois bien que vous êtes mal disposée aujourd'hui. Venez, puisque vous parlez d'images, je vais vous en montrer une autre qui vous étonnera. »

En disant ces mots, il ouvrit la porte d'une salle splendidement décorée où il introduisit les deux femmes. Après en avoir franchi le seuil, elles demeurèrent un instant tout éblouies à la vue d'un magnifique portrait en pied, encadré dans une large bordure d'or. C'était le portrait de Menzikoff lui-même.

« O mon Dieu ! s'écria Matinka en s'avançant rapidement vers la resplendissante peinture, c'est lui ! C'est lui-même, à la vérité un peu plus âgé que naguère, mais d'une ressemblance frappante !

— Est-ce que vous connaissez le prince? demanda Michaelow tout saisi de surprise. Je pensais que vous ne l'aviez jamais vu...

— Enfant, répondit la mère d'une voix tremblante, tu ne me comprends pas. Hélène, Michaelow, c'est exactement ainsi qu'était votre père. Seulement il ne portait ni ces plaques ni ces cordons sur la poitrine, et il avait l'air plus gai et plus affectueux. Quelle saisissante ressemblance ! Hélène, ne trouves-tu pas que Michaelow a dans la physionomie quelques traits qui ressemblent à ceux-là?

— J'y pensais précisément, » répondit la jeune fille en souriant.

Cependant Matinka ne cessait de regarder tantôt ce portrait, tantôt la figure de son fils, et de les comparer en silence l'un avec l'autre. Un moment, la singulière fantaisie lui vint de toucher de la main une des mains du portrait. Aussitôt quelques larmes jaillirent de ses yeux, et elle dit d'une voix profondément émue :

« Excellent mari ! excellent père ! Hélas ! voilà déjà bien des années que tu nous as quittés. Es-tu heureux au moins ?

— Certainement, repartirent les enfants. Comment pourriez-vous en douter, mère ? Car il est dans le ciel, où l'on est incomparablement plus heureux que sur la terre. »

La mère poussa un profond soupir. Elle ne pouvait se lasser de regarder le tableau. Souvent encore elle y reporta les yeux pendant que Michaelow la conduisait plus loin.

« Voici le cabinet de travail, dit-il en introduisant les deux femmes dans un salon non moins somptueusement garni. Voici le bureau, et voilà le fauteuil.

— Mes enfants, reprit la mère avec un sourire triste et doux, vous me gronderiez si je vous disais que je voudrais bien savoir comment on est assise sur un semblable fauteuil de prince. Michaelow, m'est-il permis de m'y asseoir un petit moment ? car, je le dis franchement, je suis très-fatiguée à force d'avoir marché dans ces vastes salles et admiré tant de belles choses. Du reste, j'aurai soin de ne pas froisser ce meuble magnifique.

— Asseyez-vous-y toujours, répondit le fils. Le prince ne s'en apercevra seulement pas. Il pense à bien d'autres affaires quand il prend place dans ce fauteuil. »

Alors la mère s'assit sur le siége princier. Elle pencha nonchalamment la tête en arrière sur le dossier rembourré et ferma les yeux.

Lorsque Michaelow la vit dans cette attitude, il s'écria tout effrayé :

« Mère, qu'avez-vous donc ? Vous êtes toute pâle !...

— Oh ! non, repartit Matinka en ouvrant les yeux et en souriant. Au contraire, je me trouve très-bien ici, et je me sens si heureuse en ce moment, qu'il me serait doux de mourir. »

Puis elle posa la main droite sur l'un des bras du fauteuil et reprit en caressant le velours :

« Sans doute la main de ton maître a bien souvent touché cet endroit. Quel bonheur pour moi de pouvoir me reposer un instant ici ! Maintenant il me reste encore un désir à exprimer. Je serais au comble de la joie s'il m'était permis d'emporter d'ici une bagatelle, un rien. Ce serait un bien précieux souvenir pour moi. Mais il faudrait que ce fût un objet qui eût été à l'usage du prince. »

Afin de satisfaire le désir de sa mère, l'excellent fils regarda attentivement autour de lui. Puis, tirant d'un encrier une vieille plume presque entièrement usée :

« Voici, dit-il, un objet que le prince a eu bien souvent entre les doigts et que je puis me permettre de prendre. Je dois dire pourtant que Monseigneur tient souvent plus à des choses insignifiantes qu'à des choses de grande valeur. Par exemple, ses croix, ses plaques de diamant, ses bagues, ses écrins, ses boîtes et ses autres joyaux, c'est moi qui les garde. Mais, parmi ces bijoux, il a un tout petit anneau d'argent qu'il ne tire qu'à de certains jours d'un vieil étui de peau de chagrin et qu'il regarde longtemps pour le renfermer ensuite, sans permettre à personne d'y toucher. C'est par hasard qu'il m'a été donné de l'examiner un jour que, forcé de se rendre promptement au salon de réception, il oublia de le remettre dans son étui.

— Un petit anneau d'argent? Un étui de peau de chagrin? s'écria la mère en abaissant avec une visible inquiétude les yeux sur un de ses doigts.

— Oui, répliqua Michaelow en observant le mouvement que sa mère venait de faire, un petit anneau exactement semblable à celui que vous avez là au doigt. »

En ce moment Matinka se retourna vivement du côté de la fenêtre pour dérober à ses enfants la vive émotion que les paroles de son fils avaient fait naître en elle. Ravie de bonheur, elle serra ses deux mains sur son cœur et se dit tout bas en elle-même :

Ainsi, mon Alexandre n'a pas tout à fait oublié sa Matinka !

« Enfin, continua le fils en ouvrant une porte, voici la chambre à coucher de Monseigneur. Regardez donc cette aiguière d'argent, ce bassin d'argent, ces riches tapis, ces somptueuses portières, cette veilleuse de cristal.

— Mais je ne vois ici qu'un seul lit ! interrompit la mère. Où couchent donc la princesse et ses enfants?

— Ah ! repartit Michaelow, chez les grands personnages il en est tout autrement que chez les pauvres gens. Ici la princesse a ses appartements particuliers. Ses filles ont le leur près de la mère, et le fils le sien près de son père. Je voudrais vous montrer aussi les autres parties du palais. Mais ils touchent à l'aile qu'habite le jeune empereur, et, à cause de ce voisinage, il s'y rencontre toujours tant de monde que vous en seriez gênées. Car il faut que vous sachiez que le jeune empereur loge chez son futur beau-père, afin de se trouver plus près de sa fiancée et du prince, dont il ne saurait se passer un instant. Maintenant, chère mère et chère sœur, je vous ai montré tout ce qu'il y a à voir ici. Mais voici le meilleur : le prince vous a fait préparer un excellent dîner. Allons nous mettre à table. Nous boirons à la santé de Monseigneur, et demain matin vous vous trouverez dans l'antichambre, où vous pourrez le voir lui-même.

— Non, non, répondit la mère avec inquiétude, je ne ferai pas cela. Le prince pourrait nous adresser la parole, et je ne le voudrais à aucun prix.

— Mais qu'est-ce que cela pourrait vous faire? objecta Michaelow.

— Non, non, jamais ! répliqua Matinka avec vivacité. Allons, quittons le palais ; le prince pourrait nous surprendre, et pour rien au monde je ne voudrais le rencontrer.

— N'ayez pas la moindre crainte, » repartit Michaelow sans comprendre le motif réel de l'obstination de sa mère.

Mais, quoi qu'il pût dire, Matinka ne céda point aux instances de son fils.

A peine si elle se hasarda à toucher à quelques-uns des excellents plats qui avaient été préparés pour elle et pour sa fille. Elle ne reprit son calme que lorsqu'elle fut rentrée dans le modeste logement où elle était descendue à son arrivée à Saint-Pétersbourg.

Après avoir passé quatre jours dans la capitale, elle partit pour aller faire visite à son frère, qui occupait un emploi dans une petite ville de Sibérie. Elle prit, avec un grand déchirement de cœur, congé de son fils, et ne le quitta pas sans lui avoir vivement recommandé de toujours rester fidèle à son maître. Michaelow pleura à chaudes larmes en se séparant de sa mère et de sa sœur, et les accompagna des meilleures pensées de son âme dans le lointain voyage qu'elles allaient entreprendre.

CHAPITRE IX

LA CHUTE

L'heure du châtiment allait sonner pour Menzikoff; car la mesure était comble. Ses envieux et ses ennemis ne s'étaient pas donné de relâche, et ils avaient, en secret, préparé sa chute. Un d'entre eux, le prince Dolgoroski, avait su se faire admettre, en qualité de chambellan, auprès du jeune empereur et se rendre tout à fait indispensable. Ce seigneur mina lentement et avec une adresse extrême l'influence de Menzikoff. Une nouvelle fraude commise par l'insatiable régent de l'empire fournit l'occasion de le perdre totalement et de le renverser. Le souverain avait assigné à sa sœur une somme considérable et chargé Menzikoff de la faire parvenir à sa destination; mais celui-ci avait audacieusement détourné l'argent et s'en était emparé. Aussitôt le rusé Dolgoroski, informé par ses espions de ce détournement, en donna connaissance au czar, dont il parvint, à l'aide des suggestions les plus perfides, à exciter la colère. Menzikoff ne soupçonnait point l'orage qui allait éclater sur sa tête. Un matin, comme il se rendait, selon son habitude journalière, à l'appartement de l'empereur pour présenter à celui-ci ses respectueux hommages, il fut étrangement surpris en remarquant que les appartements impériaux étaient vides et déserts. Pas le moindre courtisan, pas le moindre dignitaire, pas même le moindre domestique. Il en fut tout effrayé, et chargea immédiatement quelques-uns d'entre ses gens d'aller s'informer de ce que le czar était devenu et de quel côté il s'était dirigé. Bientôt il apprit, à son grand dépit, que l'empereur avait quitté furtivement l'habitation de son tuteur, sans même laisser à celui-ci un mot d'explication, et qu'il s'était établi dans son propre palais. Cette nouvelle produisit sur lui l'effet d'un coup de foudre. Il comprit immédiatement d'où le trait était parti, et vit clairement que c'était l'œuvre de ses ennemis. Aussi sa première pensée fut-elle de chercher à détruire l'effet des calomnies dont il soupçonnait qu'il avait été l'objet, et à reconquérir les bonnes grâces de son souverain. Il se jeta donc dans sa voiture et se fit conduire à la cour. Mais, quelques moments après, le véhicule princier revint plus lentement qu'il n'était allé en partant. Le prince en descendit aussi pâle qu'un mort, et monta en chancelant le large escalier de son palais. La colère et l'abattement étaient peints sur ses traits, et il y avait vraiment de quoi. En effet, le czar avait refusé de le recevoir, lui son futur beau-père, le père de son impériale fiancée.

En voyant la consternation dans laquelle se trouvait l'homme si redoutable hier encore, sa femme et ses enfants s'empressèrent autour de lui et l'accablèrent de questions. Sans leur répondre un mot, il arrachait d'une main convulsive ses cheveux déjà blanchis par les soucis.

« O ma pauvre enfant ! s'écria-t-il en regardant avec commisération la plus âgée de ses deux filles, quel fiancé est le tien ! »

Puis, après quelques instants de silence, il reprit :

« Va, chère femme, allez, mes enfants, laissez-moi seul. J'ai besoin de toutes mes pensées pour me bien rendre compte de notre situation. »

La princesse et ses enfants s'étant retirés, Menzikoff se mit à arpenter à pas rapides son salon; car il était en proie à une véritable fièvre, et il lui semblait que toutes ses pensées se confondaient dans son cerveau.

Il était préoccupé de la sorte depuis environ une demi-heure, lorsqu'on lui apporta une missive impériale. Il ouvrit vivement la lettre et la parcourut rapidement des yeux. Mais il laissa presque au même instant échapper le papier de ses mains et tomba à demi évanoui dans son fauteuil. Comme il avait été loin de s'attendre à l'outrage qu'on lui faisait! Aussi bien le czar lui annonçait qu'il le destituait de toutes ses dignités et fonctions, et lui ordonnait de quitter la capitale avant la fin du jour, en lui assignant pour résidence le château d'Oranienbaum. A cette lecture, il demeura comme anéanti. Quoique brisé, cependant, après quelques moments, il parvint à rassembler ses forces. Il se leva brusquement de son siége, et, furieux, il foula aux pieds la lettre impériale, en s'écriant:

« Ah! c'est donc pour cela que cette engeance de courtisans et d'adulateurs se redressait lorsque je passai tantôt au milieu d'eux! C'est pour cela qu'ils me regardaient tous d'un œil insolent et moqueur! Comment ai-je été assez aveugle pour ne pas avoir observé à temps le baromètre des faveurs de la cour? Quoi! j'ai su gouverner l'État à la satisfaction d'un Pierre le Grand et d'une Catherine, tandis que je ne suis plus compté pour rien par un blanc-bec de treize ans! Quoi! on m'humilie publiquement, on récompense de la sorte trente années de travaux, de veilles, de dévouement et de sacrifice! J'ai rampé, j'ai eu le cœur rongé bien souvent; j'ai travaillé, veillé, tremblé, flatté, fait l'hypocrite; j'ai même agi contre la loi de Dieu en repoussant une femme dévouée et des enfants que j'aimais; j'ai fait tout cela pour voir un jeune étourdi, encore en tutelle, anéantir en un instant les fruits du labeur de mon existence tout entière! Oh! non! cela ne sera pas! Non, jamais! »

En disant ces mots, il tira vivement le cordon de la sonnette :

« Qu'on aille informer le lieutenant-colonel de mon régiment de venir me voir avec tous ses officiers, » continua-t-il en s'adressant à un domestique qui était accouru presque au même instant.

La princesse, qui venait d'entendre donner cet ordre, se précipita aussitôt dans le cabinet de son mari.

« Au nom du Ciel, que vas-tu faire? s'écria-t-elle hors d'elle-même.

— Soutenir et défendre les droits de ma fille, répondit vivement Menzikoff. Tout empereur qu'il est, il n'a pas le droit de traiter la fille d'un prince comme il traiterait une simple paysanne.

— Oh! mon ami, ta vivacité t'égare. Tu vas attirer tous les malheurs sur nous. Renonce à ton projet, je t'en supplie, dit la princesse.

— Comment! s'écria Menzikoff, rendu plus furieux par la résistance qu'il rencontrait chez sa femme; comment! ne suis-je pas le commandant en chef de toute l'armée russe? Trois cent mille hommes sont sous mes ordres, et, placé à leur tête, je puis braver la colère de mon pupille.

— O mon cher mari, tu as eu toute l'armée sous tes ordres, poursuivit la princesse; mais la même main qui t'avait confié le commandement suprême ne vient-elle pas de te le retirer? Ta rébellion pourrait nous coûter la vie à tous. »

Ce langage avait fini par ramener Menzikoff à la réflexion. Il devint tout pensif, et se mit à se promener en long et en large d'un pas moins agité.

Après quelques instants, on entendit à travers la porte une sourde rumeur dans l'antichambre, où les officiers du régiment de Menzikoff attendaient le moment de se voir admis en sa présence. Le prince s'avança au milieu d'eux, l'air triste, mais calme cependant.

« Mes fidèles compagnons d'armes, leur dit-il, vous savez peut-être déjà quel coup vient de m'atteindre. J'ai été privé de tous mes emplois et de toutes mes dignités. J'ai voulu, avant de me rendre au lieu d'exil qui m'a été assigné, vous voir une dernière fois, vous qui m'avez toujours témoigné une si grande affection et un si loyal dévouement. Recevez mon dernier adieu, et, en même temps, l'assurance que mon cœur reconnaissant ne cessera de garder de vous le meilleur souvenir. L'épée que voici, et qui est un inappréciable présent de feu mon empereur, je ne saurais en mieux assurer la conservation qu'en la déposant entre vos vaillantes mains. Acceptez-la donc comme un témoignage de mon éternelle reconnaissance. »

En achevant ces mots, il enleva de son ceinturon l'arme splendide, garnie d'or et de diamants, et la remit au lieutenant-colonel du régiment, qu'il embrassa ensuite avec une vive émotion.

Tous les officiers étaient touchés jusqu'au fond du cœur. Ils tirèrent avec enthousiasme leur épée du fourreau, jurant de rester fidèles à leur ancien chef et de défendre ses droits, fût-ce au péril de leurs jours.

« Général, mettez-vous à notre tête ! s'écrièrent-ils, et nous vous suivrons partout où il vous plaira de nous conduire.

— Non, mes amis, répondit Menzikoff. Je ne consentirai jamais à ce que tant de braves et nobles gens mettent leur vie en danger pour un vieillard comme moi, las et rassasié de la vie. Adieu donc. Gardez toujours à votre empereur la fidélité que vous lui devez, et oubliez Alexandre Menzikoff, qui va finir dans la honte et l'humiliation sa brillante carrière. »

Les officiers ne cédèrent qu'à regret. Tous ces hommes, qui s'étaient distingués dans tant de guerres et par tant d'actions d'éclat, pleuraient comme des enfants en prenant congé de leur ancien chef, les uns lui serrant la main avec une émotion profonde, les autres couvrant de baisers la joue qu'il leur tendait comme un père à ses enfants bien-aimés.

Quand ils furent partis, Menzikoff, épuisé par cette scène touchante, se laissa tomber sur un siége.

« Ai-je bien fait? demanda-t-il à sa femme, qui accourut en ce moment.

— Alexandre, répondit-elle, tu t'es montré réellement grand. Tu viens de remporter la plus difficile des victoires: tu t'es vaincu toi-même. Dès ce jour tu es tout entier à toi et à tes enfants; dès ce jour tu es entièrement affranchi de tous les soucis qui te préoccupaient naguère. Oh! sans doute, nous allons être bien heureux désormais; car il te reste tes vastes domaines, une fortune considérable et tes enfants. Tu as fait la Russie grande, puissante et prospère; et, après avoir parcouru une brillante carrière, tu descends volontairement du théâtre de ta gloire. »

C'est ainsi que la princesse cherchait à consoler son mari. Cependant le calme qu'il montrait régnait seulement à la surface. L'orgueil blessé et l'ambition déçue le tourmentaient d'autant plus au fond de son cœur. Mais de quoi lui servait de se révolter contre le sort? Force lui fut de se décider à partir au plus vite. Il fit donc préparer tout ce qu'il fallait à la famille pour s'installer le plus commodément possible à Oranienbaum. Tous les domestiques, hommes et femmes, furent mis en œuvre. Que de ballots, de caisses, de coffres, de valises et de sacs remplis d'objets de toute nature, furent chargés sur la longue file de chariots et de voitures qui devaient emmener Menzikoff et sa famille! Une foule considérable de curieux s'étaient réunis depuis le matin devant le palais, et attendaient avec impatience le moment où le prince et l'ex-fiancée impériale partiraient. Beaucoup blâmaient hautement l'autorité de permettre à ce grand coupable, à cette sangsue du pays, d'emporter tant de trésors avec lui. Quelques-uns allèrent jusqu'à dire qu'il fallait le lapider. D'autres ajoutaient qu'il ne fallait lui laisser que le panier dans lequel il portait autrefois ses pâtés et ses galettes françaises. Les récriminations, les clameurs et les insultes augmentèrent encore lorsqu'on vit Menzikoff humilié, vêtu d'un simple habit de gros drap et dépouillé de toutes ses croix et de toutes ses plaques, entrer dans la voiture qui devait l'emmener. La princesse le suivait, plus calme et plus maîtresse d'elle-même. Puis vinrent ses deux filles, le visage caché dans leur mouchoir. Finalement son fils, lançant à la multitude un regard courroucé, ferma la marche. Les autres voitures furent occupées par la nombreuse domesticité du palais.

« Ne dirait-on pas, demanda tout haut un des témoins du départ de ce convoi, que c'est là un cortége de roi en voyage et non celui d'un boyard envoyé en exil? »

Tous les assistants partagèrent cet avis et éclatèrent en murmures menaçants. En entendant la rumeur qui grossissait sans cesse autour de lui, Menzikoff se serra dans un des coins de son carrosse et dit avec une profonde amertume à sa femme :

« Croirait-on que c'est là ce même peuple à qui je fis, il y a quelques jours, distribuer du pain et du bois, et qui me bénissait publiquement de cette largesse?

— Hélas! répondit la princesse, n'est-il pas toujours le même? A l'entrée du Sauveur dans Jérusalem, on vit le peuple arracher les branches des palmiers en signe de joie, étendre ses vêtements sur la route et entonner l'hosannah; mais, quelques jours plus tard, il demande à grands cris qu'on lui livre le Fils de Dieu, et il le cloue sur la croix. Veux-tu donc qu'on te traite mieux que le Christ, à qui l'on cracha au visage et que l'on accabla de coups? »

La princesse s'efforçait de la sorte de donner quelque consolation à son mari. Cependant Menzikoff ne put retrouver un peu de calme. Il devait sentir au fond de sa conscience qu'il s'était attiré, par sa faute, tous les affronts et toutes les humiliations.

En ce moment, le triste cortége qui emmenait l'homme regardé la veille encore comme le plus considérable et le plus puissant de la Russie, passa devant le principal corps de garde de la capitale. Avec quelle promptitude, un moment avant sa chute, officiers et soldats se fussent mis sous les armes pour lui rendre les honneurs dus à son grade de feld-maréchal de l'empire ! Comme tout avait changé en quelques heures, rien que sur l'ordre d'un enfant ! Les officiers du poste continuèrent, sans se déranger, à se promener, les bras croisés devant le corps de garde, daignant à peine regarder leur chef d'hier et affectant même de lui tourner le dos. Le factionnaire resta tranquillement l'arme au pied, et même se permit de jeter un regard insolent et curieux dans l'intérieur de la voiture princière. Les autres soldats éclatèrent en des rires moqueurs, qui rendirent plus amer encore le départ du prince déchu.

Beaucoup d'humiliations de la même nature furent réservées à l'infortunée famille dans les divers quartiers de la ville qu'elle eut à traverser. Ces poignantes épreuves ne cessèrent que lorsque le cortége se trouva sur la grande route et en pleine campagne.

Là seulement Menzikoff et les siens purent respirer librement.

« Du courage, mon ami ! reprit la princesse en voyant son mari silencieux et absorbé dans les idées noires qui, depuis plusieurs heures, s'étaient emparées de son esprit ; du courage ! Oranienbaum n'est pas un séjour si désagréable. On y est mieux qu'à Saint-Pétersbourg même, dont les environs sont nus, le sol marécageux et le climat des plus rudes. Là nous serons au milieu d'une nature riante, et nous y ferons de charmantes promenades en famille. La longueur de l'hiver, nous l'abrégerons par toutes sortes d'amusements, par de bonnes et instructives lectures, par d'intimes conversations, par la musique.

— Oui, père, ajouta une des filles. Alexandre joue de la

flûte, moi du clavecin, et Nina chante. Il y a de quoi passer bien agréablement le temps.

— Avant le dîner, dit à son tour le fils, nous ferons des armes, n'est-ce pas, cher père? Après le dîner, nous jouerons au billard; et le soir vous nous raconterez vos voyages et les batailles auxquelles vous avez assisté avec l'empereur Pierre le Grand.

— Et l'hiver, continua l'ex-fiancée du jeune czar, nous irons en traîneau, ou nous patinerons sur les fossés du château. Nous pourrons aussi y élever une montagne de glace.

— Puis nous cultiverons des fleurs d'hiver dans l'embrasure de toutes les fenêtres, » reprit la mère.

CHAPITRE X

L'EXIL

Mais la voiture où se trouvait Menzikoff et sa famille s'arrêta tout à coup sans que personne sût pourquoi. Le prince, ayant mis la tête à la portière, se disposait à demander au cocher le motif de cette halte subite, lorsqu'il entendit retentir sur la route ce cri répété :

« Arrête! arrête! »

En même temps on vit un officier accourir de toute la vitesse de son cheval, tenant d'une main une lettre qu'il élevait dans l'air, et ne cessant de pousser ce cri :

« Arrête! arrête! »

Que pouvait signifier cette nouvelle apparition? L'empereur s'était-il repenti d'avoir agi avec tant de dureté? La lettre contenait-elle la nouvelle d'un complet pardon? Allait-elle inviter le prince à revenir à Saint-Pétersbourg et à reprendre toutes ses dignités? Un enfant aussi jeune que l'était Pierre II a le cœur si mobile et si changeant! Du reste, pour quel autre motif le messager impérial aurait-il pu être lancé à la poursuite de la famille princière? Toutes ces questions se posèrent à la fois dans l'esprit de Menzikoff, de sa femme et de ses enfants, et pas un d'entre eux qui ne se reprit à l'espoir de voir changer leur sort. A la vérité, aucun ne se hasarda à exprimer sa pensée. Seulement leur joie se reflétait dans leurs yeux, et, en les voyant respirer plus librement, on n'eût pu douter qu'ils ne s'attendissent à un de ces revirements de fortune dont on avait déjà vu tant d'exemples en Russie.

Sur ces entrefaites, le cavalier avait rejoint la voiture. Aussitôt il déploya la missive, et commença à en donner lecture à Menzikoff. Mais, loin d'être un ukase qui faisait au prince remise de la peine à laquelle il avait été condamné, la lettre énumérait tous les détournements et toutes les malversations dont il s'était rendu coupable, et qui le rendaient désormais indigne de la confiance du czar. Si accablants que fussent pour lui les faits mis à sa charge, il se flattait encore que l'empereur aurait des égards pour son ancien ministre et qu'il lui ferait grâce. Mais quel coup de foudre pour le condamné, lorsque l'officier arriva à ce dernier paragraphe de la lettre !

« Vu la preuve de tous ces méfaits criants, Nous, Pierre II, « czar de toutes les Russies, décrétons, dans notre justice, « que tous les biens dudit Menzikoff seront confisqués, et qu'il « sera exilé, avec toute sa famille, en Sibérie, où il restera « sa vie durant. »

Chers lecteurs, représentez-vous un enfant bien-aimé qui, atteint d'une grave maladie et en proie au délire de la fièvre, se trouve étendu sur sa couche et respire péniblement. Ses parents désespérés sont agenouillés à son chevet, et attendent, avec une inexprimable anxiété, que son dernier souffle se fasse entendre. Le médecin, haussant les épaules, ne sait plus à quels remèdes recourir. Il déclare que son art est désormais impuissant et qu'il ne reste plus que peu de chances pour le pauvre malade. Mais voilà que l'enfant ouvre tout à coup ses yeux vifs et clairs, et, avançant ses deux petites mains, s'écrie :

« Mon père! Ma mère! »

Ni l'un ni l'autre ne se sent plus de joie, et tous deux s'exclament à la fois :

« Dieu soit béni! il nous rend notre enfant! »

Cependant, — ô malheur inattendu! — les yeux dont les prunelles rayonnaient tout à l'heure d'un si vif éclat se sont éteints. Ces lèvres qui viennent de prononcer les mots si doux : Mon père! Ma mère! se sont fermées. Ces deux petites mains qui s'étendaient il y a quelques secondes sont retombées inertes et presque glacées. Enfin, la pâleur de la mort a envahi le visage du malade si souriant encore quelques moments auparavant. Le signe de vie que les parents ont aperçu avec tant de joie n'a été que la dernière étincelle d'une lampe qui s'éteint.

Telle fut la situation où se trouvèrent Menzikoff et sa famille, après que l'officier eut terminé la lecture de la missive impériale. Le prince s'était laissé tomber dans un coin de la voiture et se cachait le visage dans les deux mains. La princesse, anéantie, semblait avoir perdu toute conscience d'elle-même, tandis que son fils, pâle comme un cadavre, fixait un œil presque éteint sur le cavalier, qui ne proféra plus un mot après avoir rempli sa pénible mission. Seules les deux princesses se répandirent en larmes, et soulagèrent ainsi la douleur dont leur cœur était rempli.

A la nouvelle de ce qui se passait, tous les domestiques s'étaient empressés de descendre des voitures qu'ils occupaient et d'entourer la famille de Menzikoff, en se lamentant. Mais cette famille, qui ne trouvait pas de consolation pour elle-même, resta muette. Après quoi, ils reprirent tous leur place, se regardant les uns les autres d'un air effaré.

En ce moment toute la ligne des équipages, carrosses, charrettes et fourgons, se replia sur elle-même, et quitta la direction du sud pour prendre celle du nord.

« Es-tu décidé à accompagner le maître en Sibérie? se demandèrent alors entre eux les domestiques.

— Je n'en ai pas la moindre envie, répondit un valet de pied. On dit que, là-bas, un vent dix fois plus froid que celui de Saint-Pétersbourg vous fouette le visage. Puis on n'y trouve pas le moindre amusement. En revanche, il y a là une quantité prodigieuse d'ours, de loups, de martres et d'autres animaux de cette espèce, qui rendent le pays peu sûr. Quant à des festins et à des bals, qui rapportent d'excellentes gratifications, il n'en est pas question en Sibérie. Enfin, dès ce jour, la cuisine du prince sera condamnée à l'abstinence, comme vous pouvez bien penser.

— Tu as parfaitement raison, dit un autre; car notre maître est, d'un seul coup, devenu aussi pauvre qu'un rat d'église. On ne lui laissera que ce qui est strictement nécessaire pour vivre. D'après cela, je ne sais ce qu'il fera d'un si grand nombre de serviteurs auxquels il ne pourra plus payer des gages. C'est pourquoi je prendrais bien volontiers mon congé.

— Je suis du même avis, ajouta un troisième, et je ferai comme toi. »

Un moment après, l'officier ayant fait retourner vers Saint-Pétersbourg, sous la conduite d'une partie des Cosaques qui avaient jusqu'alors servi d'escorte à Menzikoff, la partie des équipages qu'il n'avait pas jugé convenable de laisser au prince, tous les valets et les servantes se décidèrent à reprendre le même chemin, abandonnant ainsi un maître qui les avait généreusement payés jusqu'alors. Parmi tous ces ingrats, Michaelow fut le seul qui ne bougea pas de la place qu'il occupait derrière le carrosse du prince. En vain ses camarades essayèrent-ils de l'entraîner à suivre leur exemple; il ne daigna pas même leur répondre, et il continuait de regarder fixement devant lui. C'en fut assez pour qu'ils se missent à le traiter d'insensé et à le railler amèrement. Mais rien ne put le décider à changer d'avis. Il ne songeait qu'à l'amertume dont le cœur de son maître serait rempli, au moment où il apprendrait que tous ces gens l'avaient laissé seul avec son malheur. En effet, il n'avait pas tort.

Le carrosse s'étant arrêté dans un petit village où il fallait changer de chevaux, Menzikoff, qui jusqu'à ce moment n'avait pas proféré un seul mot, appela son premier valet de chambre par son nom. Au lieu de celui-ci, Michaelow se présenta et demanda au prince ce qu'il y avait pour son service.

« Appelle tous mes serviteurs, lui dit le prince. Je ne veux à aucun prix les obliger à partager ma dure destinée et à m'accompagner en Sibérie. Je désire donc les congédier et ne garder auprès de moi que ceux dont j'ai strictement besoin. »

Michaelow, embarrassé, ne sut d'abord que répondre. Mais, s'étant enhardi peu à peu :

« Monseigneur, dit-il en cherchant un moyen d'excuser l'ingratitude dont tous les serviteurs du prince venaient de donner une preuve si manifeste, ils ont prévu ce qui devait arriver et sont retournés à Saint-Pétersbourg; et, de crainte de renouveler le chagrin de Votre Altesse, ils sont partis secrètement. »

Menzikoff ne put en croire ses oreilles. Aussi regarda-t-il derrière le carrosse, cherchant des yeux les voitures qui suivaient la sienne, et il reconnut qu'elles avaient disparu en même temps que ses domestiques. Alors ses lèvres ébauchèrent un sourire, et il dit à sa femme :

« Vois donc, mon amie, avec quelle délicatesse ils ont agi, tous ces gens qui protestaient si vivement de leur dévouement pour nous. Afin de nous épargner la douleur d'une séparation pénible, ils se sont esquivés sans nous dire un seul mot. »

Puis, s'adressant à Michaelow :

« Toi, lui dit-il, pourquoi t'obstines-tu à rester ici? Va rejoindre tes camarades.

— Je n'abandonnerai jamais Votre Altesse, répondit le loyal garçon.

— Va-t'en, reprit Menzikoff en colère, je ne veux plus t'avoir devant mes yeux. Vous êtes tous des hypocrites, des mercenaires, qui ne sont fidèles qu'à une bourse bien garnie. Va-t'en, il n'y a plus rien à gagner chez moi. Va trouver Dolgoroski; il est riche, et moi je suis pauvre.

— Je reste auprès de Votre Altesse, répondit Michaelow.

— O mon Dieu! je suis tombé bien bas! s'écria le prince en se tordant les mains; le plus humble de mes domestiques n'écoute plus mes ordres. »

Fixant ensuite un regard courroucé sur le pauvre jeune homme :

« Allons, va-t'en au plus vite, et que je ne te voie plus jamais! »

Témoins de cette scène, la princesse et les enfants jetèrent un regard de compassion à Michaelow, qui, sur l'ordre de son maître, s'éloigna, mais sans dépasser le derrière du carrosse, où il reprit sa place accoutumée.

Le véhicule se remit bientôt en mouvement et reprit sa route.

La contrée devenait de plus en plus solitaire, et le vent du nord de plus en plus âpre. La famille princière, uniquement préoccupée du malheur qui l'avait frappée, gardait le plus profond silence. Michaelow, assis sur l'arrière du carrosse, priait tout bas. La nuit arriva bientôt, et l'on commença à entendre dans le lointain les hurlements de quelques loups affamés. Dans l'intérieur de la voiture le froid devenait plus pénétrant à chaque instant. La princesse et les enfants s'enveloppèrent le mieux qu'ils purent et essayèrent vainement de s'endormir. Comme la nuit leur parut longue! Ils crurent que le matin n'arriverait jamais. Au lever du jour, le vent devint plus fort, et vous eussiez vu les feuilles jaunies ou desséchées des arbres frissonner à son souffle. Tous les membres de la famille Menzikoff tremblaient aussi de froid. De plus, ils commençaient à sentir les atteintes de la faim; car ils n'avaient rien mangé depuis leur départ de Saint-Pétersbourg. Ils firent donc arrêter le carrosse devant une auberge de village pour déjeuner. Le prince se vit obligé d'abaisser lui-même le marche-pied de la voiture et d'en descendre sans l'aide d'un de ses domestiques ordinaires. Toute légère qu'était cette contrariété, elle lui parut singulièrement pénible. Puis, faisant l'office de valet de pied, avec une visible maladresse il présenta l'épaule à sa femme pour l'aider à descendre à son tour. Le jeune prince ne fit pas tant de façons. Il s'avisa de sauter lestement à terre; mais il tomba lourdement sur le sol, ses jambes étant engourdies par suite de la position forcée où il avait été obligé de les tenir pendant un voyage d'environ vingt heures. Quant aux deux jeunes princesses, elles ne se tirèrent pas mieux d'embarras. Dès qu'elles se trouvèrent au grand air, elles furent, comme leur mère, prises d'un violent frisson, et à peine si elles pouvaient se tenir sur leurs jambes, qui semblaient se dérober sous elles. Michaelow avait disparu, bien que sa noble maîtresse et ses deux filles eussent espéré qu'il ne quitterait pas son poste.

Toute la famille se dirigea en chancelant vers la porte de la modeste auberge; mais, en entrant dans la chambre basse, elle se sentit saisie par une chaleur étouffante et suffoquée par l'épaisse fumée qui y régnait. Peu s'en fallut que tous ne reculassent devant une pareille atmosphère. Cependant ils y restèrent, tant ils avaient besoin de se réchauffer. Non sans pousser tout bas un soupir de chagrin et d'humiliation, chacun d'eux prit place sur une des chaises de bois dont la chambre était garnie, et s'installa près du foyer. Ils se regardaient les uns les autres avec une pitié profonde. Menzikoff seul tenait les yeux abaissés vers le sol et semblait en proie à un désespoir farouche. Tous n'avaient qu'un désir, c'était de prendre quelque nourriture chaude. Aussi l'aubergiste s'empressa-t-il de leur servir, dans une énorme soupière de terre cuite, une sorte de brouet noir fait de farine de seigle. Seulement l'homme, aussi bien que les cuillers et les assiettes, était d'une malpropreté tellement repoussante, qu'aucun d'eux n'eut le courage de toucher au mets qui venait de leur être servi.

« Il doit y avoir dans mes bagages du chocolat et du thé, fit observer en ce moment la princesse. Mais qui sait où trouver ces provisions, ceux qui les ont emballées ayant disparu? »

Aussitôt le jeune prince monta sur l'unique fourgon qu'on eût laissé à son père et se mit à visiter tous les coffres et les caisses qui s'y trouvaient. Enfin il y découvrit ce qu'il cherchait. Seulement une difficulté se présentait. Qui se chargerait de préparer le chocolat et le thé? On ne pouvait ni on ne voulait confier cette besogne à la femme de l'aubergiste, qui semblait rivaliser de malpropreté avec son mari et qui ne savait pas même ce que c'était que du chocolat et du thé. De sorte que les deux princesses se décidèrent à remplir elles-mêmes le rôle de cuisinières, et que leur frère s'offrit à leur prêter son concours. Sans doute, si les pauvres enfants n'avaient pas été dignes de pitié à cause de la situation misérable à laquelle ils se trouvaient réduits, celui qui les aurait regardés faire n'eût pu s'empêcher de rire de leur maladresse. Jamais les deux sœurs n'avaient songé à s'occuper d'aucune chose de ménage, et elles étaient complétement étrangères à tout ce qui concernait les préparations culinaires. Aussi, grand Dieu! comme elles traitèrent le chocolat et le thé! Avec quelle gaucherie elles manièrent les ustensiles! Comme elles se brûlèrent même les doigts! Un charbon incandescent fit de grands trous dans la robe de l'aînée, et la cadette eut le visage tout maculé de taches de suie. Si, quelques moments auparavant, elles avaient tremblé de froid, elles étaient maintenant en sueur devant un foyer où flamboyait toute une charge de bois. Elles étaient surtout inquiètes de ne pouvoir se tirer avec honneur de l'expérience à laquelle elles se livraient. Enfin elles crurent que le chocolat était prêt et qu'elles pouvaient le retirer du feu. Cependant, après en avoir goûté, elles trouvèrent qu'il n'était pas assez épais. Quand la femme de la maison, qui avait assisté à l'opération en haussant parfois les épaules et en riant à part elle de la maladresse des jeunes filles, se fut aperçue de leur embarras, elle leur remit un baquet de farine et une petite spatule de bois. L'une des sœurs jeta dans le chocolat une poignée de farine, et le frère s'empara de la spatule, dont il se servit en manière de moussoir pour agiter le brassin. Mais il y mit tant de vivacité que le vase se renversa et répandit dans le feu tout le contenu.

Il ne restait donc plus que le thé. Malheureusement il avait un goût détestable, étant enfumé et noirci par des morceaux de braise que l'accident arrivé au chocolat avait soulevés. Les deux princesses en pleurèrent de chagrin, quoiqu'elles eussent fait tout ce qu'elles pouvaient pour mieux réussir. Sans doute il aurait été plus agréable de chanter un bel air italien, ou d'exécuter sur le clavecin quelque morceau de bravoure, de dessiner un beau bouquet de fleurs, ou de faire une broderie en or ou en soie; cela leur eût fait infiniment plus d'honneur.

Au moment même où les deux novices cuisinières, tout en larmes, entrèrent, avec leur vase de thé amer et noirci, dans la chambre où se trouvaient leur père et leur mère, une autre porte s'ouvrit, et l'on vit apparaître Michaelow, que l'on croyait parti de la veille. Il portait d'une main un plateau, sur lequel se trouvait une haute chocolatière toute fumante, et de l'autre un plateau semblable, chargé d'une théière, de tasses et d'une pile de galettes appétissantes. Ce fut en quelque sorte, pour l'infortunée famille, une apparition inespérée. Comme tous ces vases étaient propres, en comparaison de ceux que l'aubergiste avait mis à la disposition des exilés ! Comme ces boissons étaient parfumées ! Aussi, à la vue seule des plateaux, les enfants sentirent leurs cœurs soulagés d'un poids énorme, et ils reconnurent tout ce que vaut un bon serviteur. D'ordinaire, celui-ci n'est apprécié à toute sa valeur que lorsqu'on est privé de ses soins et qu'on est obligé de se servir soi-même. Si, dans le moment d'embarras où Menzikoff se trouvait, il avait offert cinquante écus pour une tasse de chocolat bien préparé, sans l'intervention de Michaelow il n'aurait certainement pu parvenir à se la procurer. Il aurait tout simplement dû s'en passer. De son côté, Michaelow n'aurait pu imaginer un moyen plus sûr de rentrer en grâce auprès de son maître irrité, ou plutôt aigri par le malheur, que de le surprendre, au moment voulu, en lui servant un déjeuner pour la préparation duquel il avait, pendant la nuit, rassemblé tous les éléments dans les caisses du fourgon. Muni des provisions et des ustensiles nécessaires, il était entré dans une maison de paysan, située en face de l'auberge, et y avait tout apprêté avec un peu plus d'habileté que les princesses.

Ce qu'il avait espéré arriva.

« Ah! notre bon, notre fidèle Michaelow! » exclama toute la famille transportée de joie.

Menzikoff seul garda le silence, non sans adresser un regard de reconnaissance à l'honnête garçon, que l'on eût vu rougir de bonheur en s'apercevant que la faveur de son maître lui était revenue. Avec quel plaisir les voyageurs affamés consommèrent la boisson chaude qui leur était servie, et les appétissantes galettes que Michaelow avait cuites!

Le besoin humilie quelquefois l'orgueil, et dispose les grands à se rapprocher des petits et à reconnaître en eux leur prochain. Il en fut ainsi dans la circonstance que nous venons de rapporter. La princesse insista pour décider Michaelow à accepter une tasse de thé et de chocolat, qu'une de ses filles lui présenta elle-même; mais il refusa d'accepter cette faveur inaccoutumée. Le jeune prince lui-même, qui avait toujours agi avec une hauteur extrême envers le serviteur de son père, parut se faire un devoir de réparer le passé en prenant à l'égard du loyal garçon un ton plus doux et plus affectueux.

Après que la famille eut passé une couple d'heures à se restaurer, à se reposer et à se réchauffer, il fallut se remettre en route. Le voyage se continua, et fut d'une monotonie et d'une tristesse accablantes. Menzikoff ne tarda pas à retomber dans la mélancolie où il avait été plongé depuis qu'il connaissait le dernier mot de l'empereur, et pas une seule syllabe ne s'échappait de ses lèvres. Quant à la princesse, à ses filles et à son fils, ils songeaient avec inquiétude au triste sort qui leur était réservé, et le comparaient à la brillante situation où ils se trouvaient quelques jours auparavant. Les difficultés du chemin devenaient de plus en plus intolérables, bien que la caisse du carrosse fût posée sur d'excellents ressorts et protégée par des vitres épaisses.

Après que les exilés eurent voyagé pendant plusieurs jours et plusieurs nuits, sans faire d'autre halte que le temps nécessaire pour changer de chevaux, il leur fut permis de s'arrêter dans une petite ville et de se reposer une nuit seulement. Mais quelles nouvelles privations ils y éprouvèrent! Point de lits d'édredon, point de couvertures de soie, point de veilleuse. Les chambres où ils étaient obligés de s'installer étaient malpropres, les meubles grossiers, les couchettes glaciales. Michaelow dut se contenter d'une botte de paille; mais il y dormit de ce profond sommeil que donne une bonne conscience.

Menzikoff put à peine fermer l'œil de toute la nuit. Que de reproches amers il eut à se faire en secret! car n'était-il pas la cause unique du malheur où sa famille entière était plongée? Les enfants reposèrent tranquillement. Il n'en fut pas de même de la mère. Après quelques heures d'un sommeil tourmenté, elle se réveilla le lendemain plus fatiguée et plus abattue qu'elle ne l'avait été au moment de se mettre au lit. Elle était d'une pâleur extrême, et ses yeux ternes étaient entourés d'un cercle bleuâtre. Elle avait été saisie par le froid, et par moments elle éprouvait des frissons qui lui parcouraient tout le corps. Naguère, au moindre dérangement de santé d'un des membres de la famille, le médecin particulier du palais serait immédiatement accouru, et il aurait usé de toutes les ressources de sa science pour combattre la maladie dont la pauvre princesse se sentait atteinte. Mais, dans le bourg isolé où l'on était, elle se vit privée de tout secours. Le médecin avait disparu avec tous les autres gens de la maison de Menzikoff; il avait même emporté la pharmacie de voyage. Pas un autre homme de l'art ne se trouvait à dix lieues à la ronde. De sorte que la malade serait restée dénuée de toute assistance, si l'honnête Michaelow n'avait préparé pour elle un peu d'excellent thé, et ne l'eût pourvue de deux cruchons remplis d'eau chaude.

Dès le lever du jour, les exilés durent se remettre en route pour continuer leur interminable voyage. Enfin ils approchèrent de la limite de l'Europe. L'immense Sibérie s'étendait devant eux. Plus vaste que notre continent tout entier, avec ses nombreux États, empires, royaumes et républiques, cette solitude ne compte qu'un nombre fort restreint d'habitants. Dans ces larges steppes, âpres et nus, on ne rencontre que de loin en loin une habitation. Et c'était à une distance considérable dans l'intérieur de ce désert que se trouvait la bourgade de Bérézow, assignée à Menzikoff comme résidence. Il lui restait encore à faire un long voyage avant d'atteindre le lieu de son exil.

Cependant l'état de la princesse empirait chaque jour. Les enfants entouraient leur mère avec la plus grande sollicitude, et oubliaient, pour ne s'occuper que d'elle, leur propre misère, qui devenait de plus en plus sensible. Outre les privations que la famille endurait, bientôt elle ne se vit presque plus couverte que de haillons. Les jeunes princesses particulièrement, qui naguère ne trouvaient pas de toilettes trop luxueuses pour elles, étaient à peine reconnaissables dans leurs vêtements réduits en lambeaux. Leurs robes étaient froissées, trouées, déchirées, et pas de robes de rechange, ni surtout d'assez chaudes pour préserver les pauvres enfants d'un froid qui devenait de plus en plus intense.

Heureusement le soin de leur en procurer était dévolu au commandant de la ville frontière.

C'était un homme rude, et habitué à faire peu de façons avec les exilés qui passaient tous par ses mains. Il annonça à Menzikoff et à sa famille qu'ils eussent à échanger leurs vêtements contre ceux que le gouvernement accordait aux condamnés et qui, mieux appropriés au climat rigoureux du pays, constituaient une sorte d'uniforme destiné à faire reconnaître ses prisonniers. En ce moment survint un soldat qui portait sur les épaules un énorme paquet de hardes de toute espèce, faites de gros drap brun. Il le jeta à terre. Le commandant le remua du pied et, ayant poussé d'un côté une paire de larges braies et une sorte de froc, il dit au prince :

« Menzikoff, prends ces vêtements-là, et puisses-tu les user en bonne santé. »

Puis, s'adressant à la princesse et à ses deux filles :

« Femme, dit-il, voilà pour toi et pour tes fillettes. Quant à toi, ajouta-t-il en se tournant vers le jeune prince, tu peux prendre le reste. »

C'est en ces termes grossiers qu'il parla à un homme dont la faveur était encore recherchée quelques jours auparavant par les seigneurs les plus considérables de l'empire. Sans répondre un seul mot, Menzikoff ramassa les vêtements qui lui étaient destinés et les déploya comme s'il eût voulu les examiner. Mais, en réalité, il ne fit ce mouvement que pour dérober à la vue des siens les larmes qui venaient de mouiller ses yeux. Sa femme et ses filles entrèrent, sans murmurer, dans une chambre qu'on leur assigna. Elles en sortirent une petite demi-heure après, devenues presque méconnaissables. La mère avait l'air d'une paysanne, et l'on eût pris ses filles pour deux pauvres villageoises. Il fallait voir comme elles étaient accoutrées toutes trois. Leurs petits pieds, habitués à ne chausser que des escarpins de satin ou de velours, étaient enfermés dans de gros souliers doublés de feutre, de sorte qu'ils ne ressemblaient pas mal à des pattes d'ours. A peine si les pauvres femmes pouvaient user de leurs mains, que recouvraient les manches beaucoup trop longues de leurs grossières robes de bure; et à peine si les coiffes épaisses et informes qui chargeaient leurs têtes laissaient apercevoir la moitié de leur visage. De chaque épaule leur descendait une ficelle de chanvre à laquelle était attachée une mitaine de peau de renard. Ce ne fut que par une faveur toute spéciale qu'on leur permit de conserver leur linge de corps, qui leur épargnait le rude contact de leurs vêtements.

En rentrant dans la chambre où elles avaient laissé Menzikoff, elles se trouvèrent en présence d'un vieux paysan et d'un jeune homme exactement vêtu comme son compagnon. C'étaient le prince et son fils.

« Dis-moi, mon ami, si mon costume te plaît, » demanda la princesse à son mari en essayant de lui sourire.

Ses filles aussi s'efforcèrent de cacher leurs véritables sentiments, de crainte d'augmenter encore l'angoisse de leur infortuné père; elles lui dirent avec une gaieté simulée :

« Père, nous allons au bal masqué. N'avons-nous pas bien choisi notre déguisement, et croyez-vous que personne puisse nous reconnaître? »

Mais, en regardant les trois femmes et en les entendant parler de la sorte, Menzikoff crut que son cœur allait se briser. Si elles l'avaient accablé de reproches, si elles l'avaient accusé d'être l'auteur de leur misère, il eût été moins ému qu'il ne le fut à les voir user envers lui d'une bonté dont il se sentait indigne. A l'aspect de sa femme, si misérablement accoutrée et qui lui souriait encore, bien que son visage fût déjà couvert de la pâleur de la mort; à l'aspect de ses enfants, qui avaient été naguère l'élite de la jeunesse aristocratique de Saint-Pétersbourg, il ne put dissimuler la douleur qu'il s'était depuis si longtemps efforcé de contenir dans son âme. Il se laissa tomber à genoux devant la princesse et éclata en sanglots, ne trouvant pas la force d'articuler une seule syllabe. En le voyant en proie au désespoir, la mère et ses enfants ne purent plus longtemps retenir leurs larmes, et elles commencèrent à sangloter à leur tour. Michaelow lui-même céda à son émotion et se prit à pleurer amèrement.

« Ah! s'écria dans ce moment le jeune prince, si l'empereur pouvait être témoin de la désolation que sa colère a fait naître ici, il nous ferait grâce sans doute, et il aurait pitié de nous. »

Mais la princesse dit à son fils :

« Mon enfant, il faut avoir confiance en Dieu, et non pas dans les hommes. Il faut avoir confiance en Dieu, et non pas dans les souverains de la terre. Jusqu'à ce moment nous n'avons eu foi que dans ceux-ci. Eh bien! réparons le passé, et tournons nos cœurs et nos pensées vers ce Dieu que nous avons tant négligé et qui possède un si abondant trésor de miséricordes.

— Oh! malheur à moi! s'écria Menzikoff en retrouvant enfin l'usage de la parole. Par ma rapacité et par mon insatiable ambition, j'ai causé la perte de la plus noble des femmes!

— Calme-toi, mon ami, répondit la princesse. Nous porterons en commun ta faute, de sorte que le fardeau t'en paraîtra moins lourd. Puis songeons que, si le malheur a pour effet de nous rapprocher de Dieu, nous aurons considérablement gagné à l'échange. Aussi bien, qu'est-ce que la vie, si ce n'est un rêve bien court, un spectacle qui dure quelques heures à peine, et où nous sommes tantôt élevés au faîte des grandeurs, tantôt plongés dans l'abîme de la misère? Pour moi, ajouta-t-elle avec le calme de la plus sainte résignation, je le sens bien, mon rôle touche son terme. Mon cœur aspire à cette patrie véritable où il n'y a plus de douleur, et où l'on trouve un bonheur sans fin. »

Ayant prononcé ces mots, elle leva pieusement les yeux vers le ciel, et ses enfants reconnurent avec effroi, en la voyant si souffrante, qu'elle pourrait bien avoir dit la vérité. Aussi prirent-ils tacitement la ferme résolution de s'étudier à ne pas causer le moindre chagrin à leur bonne mère pendant qu'ils la garderaient encore. Ils résolurent aussi de ne pas augmenter, par le moindre murmure contre leur sort pénible, le chagrin déjà si grand de leur père, mais de s'efforcer, au contraire, de paraître gais et de se montrer en toutes choses obéissants aux moindres ordres qu'il pourrait leur donner. Quant au pauvre Michaelow, il se promit pareillement de redoubler de dévouement envers son maître.

Déjà deux fois une voix rude s'était fait entendre dans la rue pour avertir les exilés que le moment du départ était venu. Dans l'expansion de leur douleur, ils n'avaient pas entendu cet avertissement. Aussi Michaelow profita-t-il du premier moment de silence pour s'adresser au prince et lui dire :

« Que Votre Altesse me pardonne, mais le commandant... »

A ces mots Menzikoff se réveilla comme d'un rêve.

« Que dis-tu, malheureux? s'écria-t-il avec toute la vivacité de la colère. Il n'y a plus d'altesse ici, il n'y a qu'une famille d'infortunés. Voudrais-tu donc nous railler, toi le plus grand parmi nous?

— Monseigneur..., balbutia Michaelow tout embarrassé.

— Toi seul es un seigneur ici, interrompit de nouveau Menzikoff en fronçant les sourcils; car tu peux aller où il te plaît, tandis que nous sommes des prisonniers, des condamnés. »

La princesse eut pitié du pauvre garçon, qui l'intéressait de plus en plus.

« Allons, Michaelow, lui dit-elle avec douceur, n'appelle plus désormais mon mari que ton père, appelle-moi ta mère, et mes enfants nomme-les ton frère et tes sœurs. N'as-tu pas acquis ce droit par ton inaltérable fidélité? »

Troublé jusqu'au fond du cœur, l'honnête serviteur voulut, comme il faisait autrefois, prendre le bord du grossier vêtement de la princesse et le porter à ses lèvres; mais elle n'y consentit point.

En ce moment, une main, qui semblait fort impatiente, frappa sur les petits carreaux de la fenêtre, et une voix rude cria :

« Finirez-vous par décamper de là? Nous ne sommes pas disposés à nous faire geler ici pour vous laisser bavarder à votre aise. »

Aussitôt les infortunés se préparèrent au départ. Quand ils arrivèrent à la porte de la maison, leur voiture avait disparu. Elle avait été remplacée par six de ces petits traîneaux de bois que les Russes désignent par le nom de kibitkis. Ils étaient ouverts, attelés chacun d'un seul cheval, et ne pouvaient contenir qu'une seule personne outre le conducteur. C'étaient, en somme, des véhicules extrêmement incommodes. Ils se composaient d'une simple caisse allongée, dans laquelle était fixé un banc de bois qui servait de siége au voyageur, et il était entièrement découvert, de manière à ne pas offrir le moindre abri contre les intempéries. En apercevant les kibitkis rassemblés devant la porte, Menzikoff s'arrêta un moment comme s'il eût été pétrifié. A peine voulut-il en croire ses yeux.

« Est-ce dans une de ces misérables caisses que ma pauvre femme malade doit faire le voyage? demanda-t-il enfin.

— Certainement, répondit le grossier commandant en contractant ses lèvres en un sourire moqueur. Menzikoff s'imagine-t-il par hasard qu'on soit disposé à lui fournir un meilleur moyen de locomotion qu'aux autres exilés? As-tu pris soin toi-même de procurer de bons carrosses aux personnages que ton inhumanité a fait transporter en Sibérie lorsque tu étais tout-puissant? Hein? »

Ce langage frappa Menzikoff comme un coup de foudre;

l'infortuné comprit alors que tout mal doit s'expier. Il avait, de sang-froid et d'un simple trait de plume, fait exiler des centaines d'hommes en Sibérie. Il était resté sourd aux supplications des femmes et des enfants que ces infortunés laissaient derrière eux, ou qui, tout innocents qu'ils étaient, avaient été obligés de partager le sort d'un époux ou d'un père condamné. Tous, à quelque condition sociale qu'ils appartinssent, avaient dû endosser des vêtements de bure semblables à ceux qu'on avait distribués à la famille Menzikoff, et ils avaient été conduits dans leur lieu d'exil par les mêmes traîneaux. Maintenant son tour était venu.

« Seigneur, vous êtes juste! » soupira-t-il tout bas.

Et, serrant doucement la main à son innocente épouse, il sembla lui demander pardon de l'avoir entraînée dans l'abîme de misère où il se débattait.

Il se sentit le cœur navré à voir ses enfants, habitués à tout le luxe et à toutes les commodités de la vie, se placer avec résignation dans le misérable véhicule qui devait les emmener. Il s'efforça, avec une vive sollicitude, de procurer au moins à sa femme un siége moins incommode que le simple banc de bois où elle devait prendre place. Une demi-botte de paille fut tout ce qu'elle put obtenir pour lui tenir lieu de coussin. Michaelow, ému de pitié en voyant la pauvre malade grelotter de froid, se dépouilla volontairement de son manteau et le lui mit sur les épaules. Menzikoff le remercia de son action charitable par un muet serrement de main. Après quoi le lugubre cortége se mit en marche. D'après la volonté de leur père, les enfants formèrent la tête du convoi. Venait ensuite leur mère, puis Menzikoff lui-même. Le kibitki de Michaelow fut le dernier. Les conducteurs firent claquer leur fouet, et les chevaux entraînèrent les légers traîneaux, qui glissaient avec la rapidité de l'éclair sur la neige durcie par la gelée.

La première fois qu'on s'arrêta dans un village où l'on avait coutume de donner quelque nourriture aux chevaux, Menzikoff sauta hors de son traîneau, et s'élança vers celui de sa femme, dont il n'avait pas un instant détaché les yeux durant tout le voyage.

« Comment vas-tu? lui demanda-t-il avec une vive inquiétude.

— Fort bien, lui répondit la malade, cachée dans sa couverture.

— Désires-tu quelque chose à manger ou à boire?

— Merci. Je n'ai ni faim ni soif.

— Ne voudrais-tu pas descendre un instant, et te réchauffer en faisant quelque mouvement?

— Non, je n'ai pas froid. Je me suis chaudement enveloppée.

— Bien, chère femme. Laisse-moi au moins te serrer la main. »

Avançant sa main droite au bord du kibitki :

« Je ne peux point ôter ma mitaine, dit-elle.

— Ne l'ôte point, cela n'est pas nécessaire, répondit Menzikoff en lui serrant doucement la main enveloppée de son épaisse fourrure. Mais elle me semble glacée et toute roidie, ajouta-t-il avec épouvante, en regardant fixement le visage à demi découvert de la princesse, qui lui parut pâle comme celui d'une morte.

— Cela te paraît ainsi, cher ami, répliqua-t-elle en essayant de sourire. Sois sans inquiétude. »

Quoi qu'elle pût dire, Menzikoff ne fut rien moins que rassuré. Il chercha, en frottant la main de la malade dans les siennes, à la réchauffer et à lui rendre la souplesse de la vie. Mais le moment vint où, à l'appel des conducteurs, il fallait que les traîneaux reprissent leur course.

Toute cette première journée Menzikoff la passa dans les transes les plus poignantes. La nuit qui survint fut pire encore. Le vent devint plus rude, et souffla avec une âpreté extrême sur la vaste plaine glacée que l'on parcourait. Une neige fine tombait, et la bise la chassait dans le visage des voyageurs, dont elle piquait les joues comme des pointes d'aiguilles. Le froid, qui augmentait de plus en plus, glaça peu à peu leurs pieds et envahit bientôt tout leur corps. Si Menzikoff lui-même, endurci par tant de campagnes laborieuses, souffrait horriblement, on peut se figurer à quel degré devaient souffrir sa femme malade et ses enfants. Ce martyre dura la nuit tout entière, car les traîneaux ne firent pas halte un instant. Jusqu'alors on avait voyagé à la vague lueur de la lune, et dans ce demi-jour que produit la blancheur de la neige où l'astre se reflète. Bientôt la lune disparut, et un brouillard glacé commença à s'étendre, d'où émergea, quelques instants après, le soleil comme un disque rouge de sang. Hélas! il n'apportait que la lumière du jour et non la chaleur, et il laissait les voyageurs roidis par le froid pendant que le convoi, silencieux comme un cortège funèbre, continuait sa course effrénée.

A chaque relais, les enfants et leur père approchaient du traîneau de la malade, dont les paroles étaient encore plus rares que la veille, et qui refusait de manger et de boire. Plus d'une fois ils la trouvèrent sommeillant; ou bien elle ne leur répondait point, comme si elle n'eût pas compris les questions qu'ils lui adressaient. Alors ils cessaient de l'interroger, non sans éprouver une vive inquiétude et sans se livrer aux conjectures les plus pénibles.

Ainsi vint la deuxième nuit.

Mais cette fois, le ciel prit un aspect étrange. Il commença à s'illuminer, vers le nord, d'une clarté pâle et mate, qui envahit par degrés tout l'horizon et passa peu à peu au rouge vif comme le reflet d'un incendie. Spectacle magnifique, mais effrayant. Tout le firmament semblait en feu. De longues gerbes d'une lumière éclatante jaillissaient, par intervalles, du foyer flamboyant du pôle et s'élevaient vers le zénith. On eût dit qu'une grande bataille, dont on n'entendait pas le canon, se livrait dans l'air, et que des milliers de bouches à feu vomissaient, du haut des créneaux de l'horizon, leurs flammes immenses. Tel parut aux voyageurs cet inexplicable phénomène, d'autant plus fantastique et plus terrible d'apparence qu'il se développait au milieu d'un silence profond. Ni tonnerre d'artillerie, ni choc d'armes, ni cris de combattants, ni gémissements de blessés et de mourants ne se faisaient entendre. C'était comme un formidable combat de fantômes. C'était une aurore boréale.

Les chevaux eux-mêmes en étaient devenus inquiets, et les conducteurs furent obligés de les arrêter. Tous les yeux se fixèrent sur ce spectacle aérien, comme les contrées voisines du pôle en voient si souvent apparaître. La princesse en fut tirée de sa somnolence; elle se tenait assise toute droite sur le banc de son kibitki, et avait laissé glisser de ses épaules le manteau de Michaelow. Sa pâleur avait disparu sous les reflets rouges que recevait son visage. Ses regards fixes étaient dirigés vers le ciel, sans qu'elle dit un mot à son mari et à ses enfants. Enfin elle entr'ouvrit les lèvres et murmura à demi-voix, comme si elle se fût parlé à elle-même:

« Le soleil et la lune perdent leur éclat. Les étoiles se détachent de la voûte des cieux. Les forces d'en haut sont en mouvement. Écoutez donc, continua-t-elle en haussant la voix, comme toutes les races de la terre hurlent, parce qu'elles vont voir apparaître au milieu des nuages le Fils de l'homme, dans sa force et dans sa majesté. »

En réalité, on entendait dans le lointain un hurlement prolongé; mais c'était celui des loups, qui, effrayés par le jour étrange dont la nuit s'était éclairée, cherchaient à s'enfuir dans les solitudes des steppes.

Menzikoff n'avait pas recueilli sans une vive inquiétude le langage de sa femme. Rêvait-elle? ou son esprit était-il en proie au délire?

« Entendez-vous, reprit-elle après quelques moments de silence, entendez-vous le son des trompettes où soufflent les anges du Seigneur, pour rassembler les élus des quatre vents du ciel?

— Chère femme, lui dit alors le prince effrayé, reprends donc tes sens. Ce n'est qu'une aurore boréale que tu vois, et c'est un phénomène fort ordinaire ici. »

Quoi que son mari pût dire, la malade ne se calma point. Elle promenait ses yeux hagards sur le cercle de sa famille qui l'entourait.

« Ne voyez-vous donc pas, reprit-elle en levant une main vers le ciel, que le Christ est assis là-haut, qui s'occupe de juger les vivants et les morts, et qui range les justes à sa droite et les méchants à sa gauche? O Seigneur, daignez m'admettre au nombre des vôtres, et m'ouvrir les portes de votre ciel si splendide et si chaud; car ici j'ai bien froid et je me sens tout le corps glacé. Ne me rejetez pas dans ces lieux de ténèbres, où il n'y a que des gémissements et des grincements de dents. »

En réalité, la pauvre femme tremblait de tous ses membres, et ses dents claquaient dans sa bouche.

Nous n'entreprendrons pas de peindre l'angoisse de l'infortunée famille, qui ne pouvait plus se faire illusion sur le danger dont la princesse était menacée. La tête égarée et les yeux en larmes, Menzikoff regardait autour de lui comme pour chercher quelque secours impossible à trouver. Dans l'horizon tout entier, pas le moindre abri où la malade pût reposer ou mourir tranquillement.

« Combien de temps faut-il encore pour arriver à Tobolsk? demanda-t-il à l'officier de l'escorte.

— Nous pouvons y arriver au lever du jour, répondit celui-ci touché lui-même de l'état de la princesse.

— En ce cas, hâtons-nous, reprit Menzikoff, sinon il sera trop tard. »

La malade consentit à se laisser de nouveau envelopper, et

le convoi partit de toute la vitesse des chevaux. Vers le point du jour, Tobolsk, capitale de la Sibérie, se montra dans le lointain aux regards des voyageurs, qui depuis longtemps en cherchaient avec impatience la silhouette à l'horizon. Cette ville, qui n'était, à l'époque de Menzikoff, qu'une petite et insignifiante bourgade, parut au prince un véritable port de salut. Aussitôt que les traîneaux eurent atteint les premières maisons, il se hâta de descendre du sien, et conjura l'officier de l'escorte de lui permettre de déposer la malade dans une chambre convenablement chauffée. Celui-ci ayant consenti, on songea à se mettre à la recherche d'un logement où la princesse pût être introduite. Mais, en ce moment, Michaelow s'approcha de son maître et lui dit qu'il avait à Tobolsk un oncle, chez lequel il espérait trouver sa mère et sa sœur, et qui consentirait bien volontiers à recevoir la malade.

« Informe-toi donc sans délai de la demeure de ton parent, dit Menzikoff. Chaque moment de retard peut avoir pour l'infortunée les suites les plus funestes. »

L'arrivée des traîneaux avait produit une émotion générale parmi les habitants de la ville. Isolés, en quelque manière, du reste du monde, tout ce qui sortait du cours ordinaire des choses était pour eux un événement digne d'attention. Aussi un grand nombre de curieux s'étaient-ils rassemblés autour des exilés, en les regardant d'un œil indiscret. Michaelow s'adressa à l'un d'entre eux, et lui demanda l'adresse de l'intendant militaire Simonow Natuschkin.

« Là-bas, au coin de la rue, lui répondit l'homme qu'il venait d'interroger.

— Tenez, voilà, à quelques pas de la porte, la nièce de Natuschkin elle-même. La voyez-vous? ajouta un jeune garçon.

— Ah! c'est ma sœur bien-aimée! » s'écria Michaelow tout joyeux.

Puis d'un pas rapide il courut à Hélène, qui, effrayée par l'apparition inopinée de son frère, faillit tomber à la renverse.

Après avoir tendrement embrassé sa bonne sœur, Michaelow lui dit :

« Va trouver la mère le plus vite que tu peux, et prie-la d'apprêter un lit bien chaud pour une malade qui est en grand danger.

— Mais, mon Dieu! exclama Hélène, comment se fait-il que tu arrives ici d'une manière si inattendue, et encore avec une malade? Tu n'es donc plus au service du prince ?

— De grâce, ne m'interroge pas, chère petite sœur, répliqua le jeune homme. Je te raconterai cela plus tard. La malade est précisément la princesse, la femme de mon maître. Va donc bien vite, et fais ce que je t'ai recommandé. »

CHAPITRE XI

LE CALICE DES DOULEURS

Hochant la tête et croyant à peine à la possibilité de ce qu'elle venait d'entendre, Hélène se hâta de rentrer dans la maison et d'aller raconter à la mère ce qui se passait. Matinka ne se sentit pas de surprise. L'oncle ne fut pas moins étonné.

Qui d'entre nos jeunes lecteurs n'a pas deviné depuis longtemps que la mère de Michaelow et d'Hélène n'était autre que la première femme, repoussée par Menzikoff si odieusement et contrairement à toutes les lois de Dieu? C'était bien elle-même.

Dénuée de toute ressource et chargée de deux enfants, elle avait cherché dans le travail de quoi pourvoir à sa subsistance et à la leur. Elle les avait élevés dans la crainte de Dieu et dans la pratique de toutes les vertus. Seulement, afin de leur épargner d'amers regrets et aussi pour les préserver de tout accès de mécontentement et d'envie, elle avait cru devoir leur faire un mystère de tout le passé et avait repris le nom de Natuschkin, qui était celui de sa propre famille. Elle leur avait laissé ignorer totalement qu'ils étaient issus de l'homme le plus considérable et le plus puissant de l'empire, et leur avait fait accroire que leur père, ayant été obligé de faire un voyage dans l'ouest de l'Europe, était mort dans un pays fort éloigné. Cependant elle n'avait jamais pu effacer de son cœur l'affection qu'elle portait à son époux, et, si loin qu'elle vécût de la capitale où il résidait, elle n'avait cessé de prendre part aux bonheurs et aux chagrins qu'il pouvait rencontrer dans la vie. Chaque nouvelle qui lui était parvenue concernant le prince avait été reçue par elle avec le plus vif intérêt.

Quand ses enfants furent devenus grands et qu'elle se fut demandé quelle carrière elle permettrait à son fils de choisir, une idée lumineuse lui vint. Elle résolut de lui inspirer l'idée de se placer en qualité de valet de chambre auprès du prince, afin qu'il fût en position de préserver son père de tous les piéges que ses nombreux ennemis lui tendaient sans cesse. Dans ce dessein, elle parla souvent à ses enfants du prince Menzikoff; elle fit ressortir avec intention tout ce qu'il faisait d'utile pour la prospérité de la Russie, et exprima seulement le regret que de semblables hommes soient rarement entourés de serviteurs dans lesquels ils puissent mettre une entière confiance. Préparé de la sorte au rôle que sa mère désirait de le voir entreprendre, Florent se décida à chercher à se faire admettre au service du prince, mais sous le nom de Michaelow et sous la promesse formelle de ne jamais parler de sa famille à l'entourage de son maître. Il réussit, après quelques démarches, à atteindre le but que sa mère s'était proposé, et ce fut grâce à son fils que celle-ci put se tenir au courant de ce qui se passait au palais du grand personnage dont elle avait été la femme.

Après qu'il se fut écoulé une vingtaine d'années, Matinka ne put résister au désir de revoir une dernière fois celui qui avait été son époux, et dont le nom remplissait toute la Russie. Elle entreprit donc, avec sa fille, le voyage de Saint-Pétersbourg. Nous avons vu quels combats, dans cette circonstance, elle eut à soutenir avec elle-même, et combien il lui en coûta de cacher à ses enfants les émotions de son cœur.

De Saint-Pétersbourg elle se rendit chez son frère bien-aimé Simonow. Celui-ci avait été sauvé de la mort par le généreux sacrifice de sa sœur, mais pour se voir transporté en Sibérie. Cependant là on ne le priva point de sa liberté. On lui laissa son grade de sous-lieutenant dans un régiment qui tenait garnison à Tobolsk. Plus tard il monta en grade, et, après vingt ans, il se vit investi des fonctions d'intendant militaire qui lui procuraient une honorable aisance.

Simonow fit à sa sœur et à sa nièce l'accueil le plus affectueux. Mais il ne parlait jamais de Menzikoff que dans les termes les plus amers; car il ne pouvait lui pardonner d'avoir si cruellement renvoyé son honnête et pieuse femme. Aussi Matinka se garda-t-elle de lui dire que son fils Florent se trouvait au service du prince.

Mais le silence ne pouvait plus être gardé à ce sujet lorsque Hélène eut fait connaître la commission dont Michaelow venait de la charger; car la brave femme ne pouvait prendre sur elle d'admettre la princesse malade dans la maison de Simonow avant que celui-ci y eût consenti.

En apprenant de quoi il s'agissait, Simonow crut tomber de son haut.

« Comment! s'écria-t-il avec un indicible étonnement, tu veux héberger, tu veux soigner la femme qui a été la pire de tes ennemies, celle qui t'a supplantée, celle qui t'a enlevé le cœur de ton mari! Ah! cela ne sera pas. Je n'y consentirai jamais, ne fût-ce que pour t'épargner une pareille humiliation. Pour mon compte, je pardonne aisément à Menzikoff de m'avoir fourré dans la Sibérie. A part un peu de froid, je ne m'y trouve pas trop mal. Mais toi, chère sœur, il t'a beaucoup trop humiliée pour que tu puisses l'oublier jamais.

— Cher frère, répondit Matinka, comment se peut-il que tu parles de la sorte? La princesse serait la pire de mes ennemies? Je ne sais pas comment cela serait possible; car elle ne m'a jamais vue. Elle ne sait peut-être pas quel est mon nom. Puis tu ne saurais croire combien de beaux traits Florent m'a racontés d'elle. Il serait à désirer que tous les cœurs fussent comme le sien. Supposé même qu'elle m'eût fait quelque mal, qu'elle m'eût blessée, qu'elle m'eût persécutée, tu ne sais donc pas que la religion nous commande de pardonner à nos ennemis le tort qu'ils peuvent nous avoir fait, de plaindre ceux qui nous haïssent, de prier pour ceux qui nous font du mal et nous persécutent? Ne devons-nous pas imiter notre divin Sauveur, qui, attaché à la croix, priait encore pour ses bourreaux? Ne disons-nous pas chaque jour en nous adressant à Dieu : « Pardonnez-nous nos offenses, comme nous pardonnons à ceux qui nous ont offensés? » Non, non, cher frère, tu n'as pas parlé sérieusement. C'est pourquoi disposons-nous à donner un asile à une pauvre malade. Seulement ne me trahis point par une parole irréfléchie. Dieu me prêtera la force nécessaire pour supporter patiemment l'épreuve à laquelle la charité me commande de me soumettre. »

En entendant ce langage, Simonow eut honte des paroles de vengeance qu'il venait de prononcer.

« Seulement, reprit-il pour réparer sa faute, je ne sais comment il se fait que, dans la rude saison où nous sommes, la princesse se fasse conduire à Tobolsk. Qui sait? peut-être la roue de la fortune a-t-elle tourné et amené la mauvaise chance pour le tout-puissant Menzikoff comme lui-même l'a amenée pour tant d'autres. Il faut que j'aille aux informations. »

Il sortit aussitôt, et arriva dans le voisinage de la famille exilée juste à temps pour être témoin d'une scène vraiment horrible et faite pour révolter le cœur le plus endurci. Les traîneaux s'étaient arrêtés près de sa maison. Menzikoff, son fils et Michaelow avaient soulevé la princesse dans leurs bras et se disposaient à l'introduire dans l'habitation. Les deux princesses suivaient ce groupe en versant des larmes. En ce moment un homme, portant, comme le prince lui-même, le grossier vêtement des exilés, se fit jour à travers la foule, regarda un instant Menzikoff audacieusement dans le blanc des yeux et éclata ensuite en un rire insultant.

« Hé! hé! s'écria-t-il avec une joie féroce, te voilà donc, grand prince Menzikoff! Infâme! bourreau! monstre! la justice de Dieu t'a donc frappé enfin? Tu viens donc, avec ta digne engeance, partager le sort que tu as préparé pour nous? Sois le bienvenu ici! Et vous, mes belles princesses, soyez pareillement les bienvenues dans notre Sibérie! »

En disant ces mots, le misérable cracha au visage des deux pauvres jeunes filles.

Menzikoff avait suivi des yeux tous les mouvements de l'insulteur inconnu. En voyant l'injure faite à ses innocents enfants, il eût bondi sur l'odieux personnage s'il n'avait craint de lâcher le fardeau qu'il aidait son fils et Michaelow à porter. Il était hors de lui. Ses prunelles flamboyaient, et son cœur saignait comme s'il eût été traversé par mille lame aiguës. Malheureusement ses mains n'étaient pas libres, car elles soutenaient sa femme presque mourante. De sorte qu'il ne lui resta que l'usage de la parole pour protéger ses filles toutes tremblantes, ses filles qu'il aimait tant. Il eût fallu l'entendre apostropher l'infâme qui s'attaquait à de faibles enfants, n'osant sans doute prendre leur père directement à partie.

« Arrête, brigand! lui cria-t-il d'une voix qui grondait comme le tonnerre. C'est une lâcheté d'insulter des enfants, quand tu vois que leur père ne peut les défendre. C'est à moi que tes insultes s'adressent, et, quand le moment sera venu, je te fournirai l'occasion de t'en repentir. »

En même temps on vit des larmes de rage sillonner ses joues, couvertes d'une pâleur effrayante.

Touchés de l'angoisse et de l'exaspération si naturelle que

devait éprouver, en ce moment, l'infortuné père, les témoins de cette scène empêchèrent l'insulteur de répéter l'outrage qu'il venait de faire subir aux deux jeunes filles, et ils ne réussirent qu'à grand'peine à l'éloigner. Simonow ne put se défendre de partager l'indignation qui avait gagné tous les cœurs, et il se dit en lui-même :

Matinka a grand'raison, le sentiment de la vengeance est détestable ; il ne saurait plaire à Dieu, et il révolte les hommes.

Puis, s'adressant au prince :

« Infortuné père, lui dit-il d'une voix affectueuse, entre dans ma maison, considère-la comme tienne. Quant à vous, mes enfants, ajouta-t-il en se tournant vers les jeunes princesses, remettez-vous tranquillement de la peur que vous venez d'éprouver. Il n'est pas un seul habitant de Tobolsk qui se permît d'agir comme vient de le faire ce misérable. Soyez les bienvenues chez moi. »

L'effet bienfaisant que ce langage produisit sur le cœur si profondément humilié de Menzikoff, nos jeunes lecteurs le comprendront sans peine. Aussi le prince leva-t-il vers Simonow ses yeux rouges de larmes, en lui disant d'une voix vibrante d'émotion :

« Que la bénédiction de Dieu descende sur toi, brave homme ! »

Puis il reporta toute son attention sur sa pauvre malade, qui fut introduite avec précaution dans la demeure de Simonow et couchée dans un lit bien chauffé. A part un léger tremblement qui se manifestait par intervalles dans tous ses membres, la princesse ne donnait plus le moindre signe de vie. Ses yeux à demi ouverts restaient fixés droit devant elle. Un médecin, que Simonow avait eu soin de faire appeler en toute hâte, la trouva dans un état fort critique. Il commença par l'humecter avec une éponge imbibée de vinaigre et par lui faire brosser tout le corps, afin de rendre à la peau son activité naturelle. Après quoi, il ordonna qu'on l'enveloppât dans d'épaisses couvertures, dont on entretint la chaleur avec des pierres chauffées et des bassinoires remplies d'eau bouillante. Ses efforts demeurèrent longtemps sans effet; car il ne put provoquer la moindre transpiration. Pendant tout ce temps, Menzikoff ne cessa de tenir les yeux attachés sur l'infortunée, avec une indicible inquiétude; et les enfants sanglotaient au chevet de leur mère.

Mon Dieu! se dit en elle-même la mère de Michaelow, en prodiguant infatigablement ses soins à la malade, comme il aime sa femme! Et il n'a pas eu un seul regard pour sa pauvre Matinka!

Ses yeux mouillés de larmes s'arrêtaient fréquemment sur le prince, quand elle ne se voyait pas observée, et ils ne se détachaient de lui qu'à regret.

C'est dans cette situation que la nuit vint les surprendre.

Alors on remarqua qu'une légère teinte rosée commençait à se répandre sur les tempes de la princesse: c'était le premier signe du retour à la vie. A la vérité, la pâleur cadavéreuse dont ses joues étaient couvertes ne subissait aucun changement, et elle contrastait d'une façon étrange avec le ton vivement tranché que les tempes avaient pris. Cependant, là aussi se montrèrent les pronostics d'une prochaine amélioration dans l'état de la malade. Tout son visage commença à devenir luisant de sueur, et elle ne tarda pas à couler abondamment, non-seulement du front, mais de tous les membres. Les couvertures en furent bientôt toutes trempées et le lit traversé de part en part. Menzikoff, ses enfants et les assistants observèrent ce phénomène avec une satisfaction toujours croissante.

« Dieu soit béni! dit le prince tout joyeux au médecin qui rentrait précisément à l'instant où cet heureux signe venait de se produire, une crise salutaire commence. La malade est entrée dans une forte transpiration. »

Le docteur put à peine croire ce qu'on lui disait, et il s'approcha aussitôt du lit. Il examina attentivement le visage toujours affreusement pâle de la princesse, posa la main sur son front mouillé de sueur et interrogea longtemps les battements de son pouls. Tous les yeux semblaient attachés aux lèvres de l'homme de l'art: tant était vive l'impatience avec laquelle on attendait que sa parole vînt confirmer le doux espoir qu'on avait conçu.

« L'état présent de la malade, dit-il enfin avec le plus grand calme, est loin d'être le signe d'une crise salutaire. Cette sueur n'est autre chose qu'une sécrétion des sucs vitaux qui provient de ce que la peau ne peut plus remplir ses fonctions; car elle est aussi glaciale qu'abondante. En un mot, c'est celle de la mort. »

Cette sentence inattendue transforma soudainement en une douleur inexprimable le joyeux espoir auquel la famille entière s'était abandonnée quelques instants auparavant. Tous les assistants éclatèrent en sanglots et en larmes. Menzikoff se couvrit, en gémissant, la figure des deux mains et se laissa tomber à genoux à côté du lit de la malade. Celle-ci commença à contracter, d'une manière presque convulsive, les traits de son visage; ses prunelles semblaient se retourner sous ses paupières abaissées; sa bouche se déformait tantôt à droite, tantôt à gauche; ses lèvres s'ouvraient et se fermaient alternativement. Cependant il y eut un moment où elles balbutièrent lentement et d'une voix presque éteinte ces mots:

« Mon Alexandre! mon époux! »

En même temps elle étendit la main comme pour chercher celle de son mari. Celui-ci tressaillit en serrant cette main déjà toute glacée dans la sienne. Il lui sembla un instant qu'elle était aussi froide que celle que Matinka lui avait présentée au moment où il s'était séparé d'elle dans l'église Saint-André. C'en fut assez pour lui inspirer la conviction que l'expiation est une justice, et qu'il n'y a pas d'acte condamnable qui ne trouve un jour son châtiment.

« Mes enfants! » murmura ensuite la voix plus faible encore de leur mère.

Le prince et les deux jeunes princesses s'agenouillèrent, en sanglotant, à côté de leur père. Chacun d'eux voulut serrer une dernière fois la main de la mourante, dont le visage s'illumina subitement d'un sourire ineffable de bonheur.

Dans ces entrefaites, un prêtre avait été appelé pour préparer l'infortunée au passage de la vie à l'éternité. Quand il se fut acquitté de son ministère, il fit sur le front, sur la bouche et sur la poitrine de la princesse, le signe de la croix en disant ces mots :

« Entrez dans la paix du ciel! »

En ce moment, elle fit un effort pour adresser encore quelques paroles à ceux qui l'entouraient; mais sa voix expira sur ses lèvres, et elle laissa retomber sa tête en arrière. Ce fut le dernier mouvement qu'elle fit. Elle était morte. Les enfants se jetèrent sur le corps inanimé de leur mère en poussant des cris déchirants. Menzikoff était resté immobile jusqu'alors; mais une larme jaillit de ses yeux, et il se releva en secouant la tête d'un air désespéré. Puis, se frappant le front et roulant autour de lui ses yeux hagards, il s'écria :

« O mon Dieu! je sens combien vous êtes juste. Vous me frappez ici pour le crime que j'ai commis en chassant la pieuse Matinka de ma maison. Ah! Matinka est bien vengée!... »

En entendant ce cri de désespoir, la mère de Florent put à peine se soutenir et elle faillit tomber à la renverse. Cependant elle trouva encore assez de force pour faire un pas vers Menzikoff et lui dire :

« Va, ne crains rien; Matinka t'a pardonné depuis longtemps et elle te pardonne encore.

— Serait-ce possible! » répondit le prince en balbutiant comme si sa raison eût été égarée.

Après quoi il se retourna vers la morte et la contempla en silence.

La pauvre Matinka n'ajouta plus un mot, et elle se résigna à dire adieu à ses plus chères espérances; car elle s'attendait à se voir reconnaître par Menzikoff, et se flattait intérieurement qu'il l'attirerait sur son cœur et lui rendrait tous ses premiers droits. Se voyant tout à coup trompée dans son attente, elle se dit en elle-même :

Non, il n'a plus la moindre affection pour moi; et, si mon nom est sorti de ses lèvres, c'est que le souvenir et le nom de la femme si lâchement abandonnée ont traversé par hasard son esprit.

Toutefois elle ne continua pas moins de prêter son charitable concours aux apprêts funèbres auxquels il fallait pourvoir. Elle prit, avec son frère, toutes les dispositions nécessaires pour l'enterrement de la morte. Elles furent accompagnées des circonstances les plus tristes. Il fallut faire dégeler au moyen du feu la terre durcie du cimetière, avant qu'on pût se mettre à creuser la fosse. Cette opération ne se fit qu'avec de grandes difficultés; combien de coups de pic et de bêche dut-on donner pour entamer et fouiller le sol! Mais quel moment lugubre et désolant, lorsque cette même princesse, qui, peu de semaines auparavant, possédait encore plus de cent mille serfs et comptait une fortune de plusieurs millions de roubles, fut enveloppée dans la bure grossière des exilés et déposée dans un misérable cercueil, composé de quelques planches de sapin; et lorsque le prince et ses enfants, dans l'humiliante livrée qu'ils portaient, s'acheminèrent vers le cimetière, avec quelques amis fidèles, pour porter la morte à sa dernière demeure! Tous les témoins de cette scène lamentable comprirent alors l'instabilité du bonheur et des grandeurs terrestres. Il n'y eut personne qui ne se sentît le cœur navré, en entendant les pelletées de terre retomber sourdement sur le cercueil pour le recouvrir à jamais. Un gros bloc de roche brut fut ensuite roulé avec de grands efforts sur la fosse, en guise de cénotaphe, et les larmes que les assistants versèrent sur cette pierre tumulaire improvisée, en furent la seule inscription funèbre, et lisible seulement pour ceux qui les y avaient vues couler.

Dans la matinée du lendemain de l'inhumation, Menzikoff prit congé de l'hospitalier Simonow et de sa sœur. Il leur fit ses adieux en peu de mots, et les yeux baissés sous le poids de l'humiliation qu'il ressentait, plus durement que jamais, depuis l'événement de la veille. Matinka se fût volontiers jetée à son cou et fait reconnaître de lui. Simonow le lui avait même conseillé; mais elle avait répondu à son frère :

« Non, ce n'est pas le moment. Il n'y a plus de place dans son cœur que pour l'excellente créature qu'il vient de perdre. On ne se console pas si vite d'une femme qu'on a aimée, et qu'on a eue pour compagne dévouée, dans la bonne comme dans la mauvaise fortune. Il est impossible qu'il reporte si promptement son affection sur moi, bien que j'y aie eu droit la première. Si, dans ce moment, je lui révélais qui je suis, sa froideur me blesserait plus profondément et me rendrait plus malheureuse que je ne le suis maintenant qu'il ignore ma présence ici. Il est dans ma destinée de souffrir, et de souffrir en silence. »

Ce fut avec une tendresse toute maternelle que Matinka embrassa les enfants de Menzikoff, lorsqu'ils prirent congé d'elle en la remerciant des soins qu'elle avait prodigués à leur mère; car elle les regardait déjà comme ses enfants à elle.

Elle crut aussi devoir révéler à Florent le mystère de sa naissance, avant qu'il prît, avec son père, la route de Bérézow. Ce fut, aux yeux de l'honnête garçon, un motif de plus pour se dévouer entièrement à l'exilé. Aussi eût-on pu remarquer que, dès ce jour, il prononça avec plus de tendresse le mot de père, par lequel il avait depuis quelque temps, sur l'ordre de la princesse elle-même, pris l'habitude de désigner Menzikoff. Celui-ci ne put manquer de s'apercevoir du changement qui s'opéra, par degrés, dans toute la manière d'être de Michaelow. Seulement, il attribuait ce visible redoublement d'affection à la sympathie toujours croissante que son serviteur professait pour lui. Michaelow entra en même temps plus avant dans l'intimité du jeune prince, dont la misère avait adouci le caractère et complétement brisé l'orgueil. Enfin, il était considéré et traité par les princesses plutôt comme un membre de la famille que comme un étranger.

L'excellent Simonow et sa sœur avaient eu soin de pourvoir les exilés de toute sorte de douceurs, de provisions de bouche et d'autres objets nécessaires, qui leur vinrent merveilleusement à point, soit pendant le reste du voyage, soit durant les premiers temps qui suivirent leur arrivée au lieu de leur exil.

Ils continuèrent leur route jour et nuit, sans relâche. Le froid devenait de plus en plus intense. Les jours devenaient plus courts, les traîneaux ne cessant de se diriger vers le nord. Plus on avançait dans cette direction, plus la nature semblait morte. On rencontrait rarement un voyageur qui, blotti dans son kibitki attelé de chiens ou de rennes, glissait sur la neige durcie, pour disparaître quelques instants après dans la brume de l'horizon. Le soleil ne se montrait que pendant quelques heures au ciel; mais il semblait avoir perdu tout son éclat, car l'on pouvait regarder son disque rouge sans que les yeux en fussent éblouis. Parfois même on voyait se former dans l'air plusieurs parhélies; c'est-à-dire apparaître simultanément plusieurs images du soleil, phénomène déterminé par la réflexion de l'astre réel dans les vapeurs nuageuses qui lui sont opposées. Et c'était pour les exilés un spectacle d'une beauté d'autant plus effrayante qu'ils y assistaient pour la première fois.

CHAPITRE XII

LA FIN

Ce fut au cœur de l'hiver que les exilés atteignirent la petite ville de Bérézow, leur future résidence. C'était presque un miracle qu'ils n'eussent pas au moins quelque membre gelé durant ce pénible voyage et par le froid rigoureux qui régnait. Nous avons eu tort d'appeler Bérézow une petite ville; car ce n'était en réalité qu'un groupe de maisons de bois, basses, mornes et semées au milieu d'une vaste plaine. On ne voyait que de loin en loin quelque être vivant, qui, tout enveloppé de fourrure, se faisait laborieusement jour à travers la neige pour aller de l'une à l'autre de ces tristes habitations.

Menzikoff et sa famille ne furent accueillis qu'avec une extrême rudesse par le commandant de Bérézow, qui leur assigna pour demeure une sorte de cabane de bois, composée seulement de deux pièces. La première n'était, à vrai dire, qu'un simple vestibule dans lequel se trouvait le foyer. La seconde constituait à la fois le salon et la chambre à coucher. Un vaste fourneau, construit en briques et dont la partie supérieure était destinée à servir de lit aux habitants de la misérable demeure, occupait la majeure partie de cette chambre. Autour de cette construction régnait un banc de bois, qui formait, avec une table de sapin grossièrement ébauchée, tout l'ameublement de la maison. Les parois étaient composées de planches à peine rabotées. Çà et là étaient percées quelques petites fenêtres, dont les vitres en pierre spéculaire ne laissaient filtrer dans l'intérieur qu'un triste demi-jour, même en plein midi, de sorte qu'on était obligé d'allumer de bonne heure une maigre mèche de suif ou une torche de résine. Quel douloureux contraste avec toutes les splendeurs de leur existence passée !

Dans cette espèce de cabane il n'y avait pas moyen de donner à chaque membre de la famille une chambre particulière. Il fallait que tous logeassent dans le même réduit. Au lieu de lits bien chauds, ils n'avaient que quelques grossières couvertures de laine, et quelques peaux d'ours pour s'envelopper la nuit et se garantir du froid. Même la plupart des ustensiles de table et de cuisine les plus indispensables y faisaient défaut.

A la vérité, l'empereur avait assigné au prince, pour son entretien et pour celui de sa famille, une pension de dix roubles par jour, que le commandant de Bérézow était chargé de lui payer. Mais à quoi pouvait lui servir l'argent dans un endroit où il n'y avait presque aucun ouvrier et où il ne se trouvait même pas un boulanger? Aussi bien, à cause de la courte durée de la bonne saison, on ne peut, dans cette région glaciale, se livrer à aucune espèce de culture. Il faut qu'on tire la farine de bien loin, et chaque famille est obligée de s'en approvisionner avant la fin de l'été et de cuire elle-même son pain. De la bière et du vin, il n'y en a pas non plus; car ils gèleraient dans les fûts où on voudrait les conserver. Si l'on veut avoir de l'eau potable ou bonne à la cuisine, on remplit un chaudron de neige ou de glace que l'on fait fondre sur le feu. Pour toute autre boisson, on n'a que de l'eau-de-vie; et pour toute nourriture autre que le pain, on n'a que du poisson séché ou fumé, et de la chair de renne ou d'ours; encore ne peut-on les obtenir qu'à force d'argent. Quant à des racines alimentaires et à d'autres légumes, il n'y fallait pas songer. En un mot, aucun des approvisionnements nécessaires à la vie; les gens de Bérézow ne peuvent se les procurer que pendant l'été, lorsque le cours de l'Obi est navigable et que les communications entre la ville et Tobolsk sont devenues possibles.

De sorte que Menzikoff et les siens se fussent trouvés dans la situation la plus pénible et la plus critique, si la mère et l'oncle de Michaelow n'avaient si généreusement pourvu aux premiers besoins des exilés.

Il y avait vraiment plaisir à voir l'activité et le soin avec lesquels le bon Michaelow dirigeait le ménage. Il était toujours le premier levé de la couche qu'il s'était faite dans le coin le plus reculé de la chambre. Avant toute autre occupation, il allumait le foyer. Le bois de chauffage nécessaire pour allumer le feu, il avait eu la précaution de l'acheter le jour même de son arrivée, et s'était mis immédiatement à en fendre une bonne partie, avec l'aide du jeune prince, et à le transporter dans la cuisine. Quand le feu était bien allumé, il y mettait un chaudron rempli de morceaux de glace et faisait bouillir l'eau nécessaire pour préparer le déjeuner. Pendant ce temps les princesses s'étaient levées et découpaient le pain sur une assiette. Quand la soupe était cuite à point, toute la famille se mettait à table, et, après avoir dit une courte prière, consommait le frugal repas. Le dimanche seulement la soupe au pain était remplacée par du chocolat ou du thé. Après le déjeuner, les deux jeunes gens quittaient la cabane pour aller battre la plaine ou les bois, et faire la chasse aux animaux sauvages afin de se procurer quelque viande pour le dîner, pendant que les deux jeunes filles nettoyaient la petite chambre et entretenaient le linge et les vêtements de famille.

Quant à Menzikoff, il restait assis immobile sur le banc de bois et regardait d'un air sombre devant lui. Parfois une larme montait au bord de sa paupière quand il fixait ses yeux sur ses filles qui travaillaient sans relâche, pouvant à peine piquer leurs aiguilles à travers les peaux des vêtements dont elles réparaient les déchirures ou dont elles rajustaient les parties décousues, et se fatiguant la vue au demi-jour qui régnait constamment dans la chambre.

Après quelques heures d'absence, les deux jeunes gens revenaient. Leur haleine, transformée en glace, couvrait de fils d'argent leurs cheveux et leurs bonnets de fourrure. Dans leurs mains, enfermées dans de grosses mitaines, ils portaient leurs armes de chasse ou quelques poissons séchés; souvent même leur dos était chargé de renards, de martres et d'hermines. Avec quelle joie les deux sœurs les accueillaient! Avec quel plaisir elles écoutaient le récit qu'ils ne manquaient jamais de faire de leur aventureuse expédition! Le père seul ne prenait aucune part à l'entretien et ne proférait pas un mot. Docile comme un enfant, il s'asseyait à la table quand on lui disait que le dîner était servi. Rarement, pendant le repas, il rompait le silence dans lequel il se complaisait. Parfois, après le dîner, les deux sœurs allaient, avec la permission du père, faire une courte promenade en compagnie de leurs frères. Mais, chaque fois qu'elles rentraient, le nez et les joues bleuis par le froid, elles trouvaient le vieillard agenouillé dans la chambre et absorbé dans une fervente prière. Dès le premier pas qu'elles faisaient dans le vestibule, elles pouvaient l'entendre demandant pardon à Dieu de toutes les grandes fautes dont il s'était rendu coupable, s'humiliant devant le juge souverain et l'implorant pour ses pauvres enfants. Ses yeux alors étaient baignés de larmes, et les sanglots qui s'échappaient de sa poitrine se faisaient entendre à travers la cloison; le cœur le plus dur en eût été ému de pitié.

Ce chagrin continuel, que rien ne pouvait atténuer, finit par devenir inquiétant pour la famille de l'exilé. Ses forces diminuaient à vue d'œil; car il ne songeait pas à les entretenir, ni en se donnant quelque mouvement, ni en allant respirer l'air au dehors. Quand son fils Alexandre, pendant les longues soirées d'hiver, essayait de donner le change aux idées du vieillard et le priait de raconter quelque épisode de ses voyages ou de ses campagnes, il secouait la tête avec une visible mauvaise humeur et répondait :

« Mon enfant, dispense-moi de faire le récit des fautes que j'ai commises. Si je pouvais rebrousser chemin dans la vie, certainement je l'emploierais mieux pour mon salut et pour votre bien-être à vous tous. »

Il n'y avait qu'un seul sujet dont il parlât volontiers, c'était la mort, la vie éternelle et le bonheur qu'on doit éprouver à se voir réuni à ceux qu'on a aimés sur la terre.

Ainsi se passa l'hiver avec ses jours sombres, avec ses nuits interminables et ses sinistres aurores boréales, si fréquentes dans les régions polaires. Le soleil commença à répandre quelque chaleur et à darder des rayons plus vifs dans l'azur du ciel. L'arc qu'il décrivait dans l'espace devint aussi plus grand. L'air réchauffé par le printemps fit par degrés fondre la neige dans la plaine et la glace qui couvrait les rivières. De petits brins d'herbe jaillirent gaiement du sol noir et le couvrirent peu à peu d'un merveilleux tapis de couleur émeraude. On vit bientôt les tiges brunes des bouleaux bourgeonner et se couvrir de feuilles. L'Obi et l'Irtyche se dégagèrent, et, soulevant de leurs flots puissants, avec des craquements semblables à des coups de tonnerre, les énormes couches de glace sous lesquelles ils avaient été si longtemps enchaînés, les roulèrent avec un grondement formidable vers la mer. En même temps, la gaieté de la vie commença à renaître parmi les habitants de la contrée. Après avoir été renfermés pendant des mois entiers dans leurs cabanes enfumées, ils se répandirent au dehors en poussant des cris de joie.

Menzikoff ne put résister plus longtemps à l'appel de la nature qui se réveillait tout entière, ni aux prières répétées de ses enfants.

Par une belle soirée d'été il se promenait avec eux et longeait le bord de l'Obi. Profitant des interminables journées qui règnent dans la saison où l'on était et qui se prolongent bien avant dans la nuit (car le soleil ne quitte presque pas l'horizon), les habitants de la ville s'occupaient de tous côtés, avec une activité extraordinaire, à assembler les provisions nécessaires pour l'année entière. Un nombre considérable de bateaux descendaient le fleuve, et les mariniers qui les conduisaient faisaient retentir les deux rives de leurs joyeuses chansons. De longs trains de bois, formés de troncs d'arbres énormes et chargés de planches et de bois à brûler, suivaient le courant. Ils venaient des régions forestières de la Sibérie, et abordaient au rivage, où ils ne tardaient guère à trouver des acheteurs empressés.

Menzikoff ne pouvait en détacher les yeux, et il ne cessait de suivre d'un œil pensif ces trains flottants à mesure qu'ils se présentaient. En les regardant il semblait préoccupé d'une idée fixe; car il restait sourd à tout ce qui se passait autour de lui. En ce moment une troupe considérable d'oiseaux de passage, qui regagnaient les régions du nord, traversa l'air au-dessus de sa tête en poussant de grands cris, et alla descendre plus loin au milieu des bouquets d'arbres reverdis ou sur le fleuve dégagé de ses glaçons. Les deux princesses et les frères se réjouissaient à voir les ébats des voyageurs emplumés. Le père seul n'entendait rien, et il passa outre.

Arrivé sur une petite place publique ménagée au centre de la ville, il s'arrêta; puis, se tournant vers ses enfants avec une vivacité qu'on n'avait pas remarquée en lui depuis longtemps, il leur dit :

« Ici, à cette place même, je veux bâtir une maison au Seigneur, le souverain maître. Mon âme aspire au calme sacré d'un temple où je puisse retrouver le repos dont ma pauvre âme a besoin. Si j'ai pu travailler pendant de longues années pour acquérir des richesses passagères et de vaines grandeurs, pourquoi ne consacrerais-je pas le temps qui me reste à passer sur la terre à élever au Tout-Puissant, au tout miséricordieux, un faible monument de la vénération que je lui porte? Le grand empereur qui fut mon premier maître a bien, durant des mois entiers, manié la hache pour construire une œuvre périssable, une fragile demeure de bois pour les hommes. En présence d'un pareil souvenir, pourrais-je rougir, moi pauvre exilé, de prendre aussi la cognée et le marteau pour procurer à mes compagnons d'infortune une église où ils puissent, avec l'assistance d'un ministre de Dieu, trouver cette paix de l'âme dont ils ont tant besoin dans leur misère? Ma vie entière n'a été qu'un enchaînement d'actes réprouvés par le Ciel. Puisse au moins le dernier que je me propose être béni du Très-Haut. »

Les enfants de Menzikoff applaudirent à cette heureuse idée. Ils espéraient qu'ayant trouvé une occupation et un but à atteindre, il sortirait de la noire mélancolie à laquelle il s'abandonnait depuis si longtemps, et qu'il se reprendrait enfin à l'existence.

Il passa bien vite de l'idée à l'exécution, et Dieu sait avec quelle ardeur il s'y mit. Dès la matinée du lendemain il acheta le bois de construction nécessaire. Aussi bien, depuis l'hiver, il avait pu faire, sur la pension que l'empereur lui accordait, de notables économies. Couvert d'un tablier de cuir et armé d'une hache de charpentier, il se mit à l'ouvrage avec l'aide assidue de ses deux fils. Il semblait avoir repris son énergie première; il fallait voir comme les troncs d'arbre se façonnaient sous la puissance de son bras. Pendant que ses deux filles s'occupaient de broder d'or et d'argent toutes sortes d'étoffes précieuses pour la décoration de l'autel et pour les autres ornements de l'église future, il ne prenait pas un instant de repos, et à peine se permettait-il la nuit quelques heures de sommeil.

Ce brusque passage d'une inactivité complète à un travail si obstiné fut loin de lui être salutaire. En effet, ses forces commencèrent bientôt à décliner sensiblement. En vain ses enfants le supplièrent-ils de se modérer quelque peu; il continua à ne s'occuper que de l'achèvement de son entreprise. A mesure que la petite église s'élevait, il semblait redoubler d'activité, comme s'il eût craint de mourir avant que sa pensée fût réalisée.

Sur ces entrefaites, l'hiver survint, et le bois qui manquait encore pour compléter l'édifice n'était point arrivé : de sorte que Menzikoff fut obligé par la force des choses de suspendre son travail. Dès ce moment, il retomba plus profondément que jamais dans ses idées noires. Il parut ne plus vouloir converser qu'avec Dieu, et ses enfants ne purent plus lui arracher une parole que de loin en loin.

Enfin le deuxième été s'annonça, et il suffit pour compléter la construction de l'église depuis si longtemps commencée.

Alors Menzikoff dit à Michaelow avec douceur, mais d'un ton sérieux :

« Mon fils, parmi tant de grains de sable que j'ai trouvés dans ma route, tu as été le seul grain d'or que j'aie découvert. J'ai reconnu toute la grandeur du sacrifice que ton dévouement m'a fait, et que je n'ai point mérité. Nous agirions, mes enfants et moi, avec la plus noire ingratitude si, en te retenant plus longtemps auprès de nous, nous t'empêchions de faire ton chemin dans le monde et de chercher le bonheur auquel tu peux si justement prétendre. C'est pourquoi quitte ce lieu de misère où le sort nous a relégués. Je te serai éternellement reconnaissant de ton affection et de ta fidélité. Tu as habitué mes enfants au travail et aux privations de tout genre. Grâce à ton exemple, ils ont eu le courage de se résigner à leur triste destinée et de s'y faire. De sorte que ton absence nous sera beaucoup moins sensible qu'elle ne nous l'eût été dans les premiers temps de notre arrivée ici. Tu as encore une mère que tu chéris et une sœur que tu aimes. C'est pour toi le plus saint des devoirs de te consacrer à elles. Va donc les rejoindre, et jouis avec elles de la douce récompense qu'une conscience pure donne infailliblement. »

Michaelow essaya de faire quelques objections, et répéta l'engagement qu'il avait pris de ne jamais quitter le prince.

Mais celui-ci ne voulut entendre à rien.

« Je ne veux pas, dit-il, que tu partages plus longtemps mon misérable sort. C'est bien assez que mes pauvres enfants portent la peine des fautes de leur père. »

Il persista fermement dans sa résolution, et parla d'un ton si décidé et si sérieux, que Michaelow dut finir par céder, du moins en apparence. Seulement l'honnête garçon demanda au prince la permission de rester à Bérézow jusqu'à ce qu'il eût le temps d'écrire à sa mère et d'en recevoir une réponse, ce qui lui fut accordé sans peine.

On peut comprendre le profond chagrin avec lequel les enfants de Menzikoff songèrent, dès ce moment, au prochain départ de celui qu'ils aimaient depuis si longtemps comme un frère.

Chaque jour le prince demandait à Michaelow s'il n'avait pas encore reçu une réponse de sa mère. Quatre semaines après, la question s'étant reproduite comme à l'ordinaire, le jeune homme déclara que sa mère lui avait écrit. Mais il ne put faire cet aveu que d'une voix altérée et les yeux humectés de larmes. Dès lors Menzikoff le pressa de hâter son départ.

Michaelow rassembla, non sans pleurer amèrement, le peu de hardes qu'il possédait. Il en fit un paquet qu'il s'attacha sur le dos. Quand il fut prêt à s'en aller et à prendre congé du prince, celui-ci lui dit :

« Va, mon fils. Profite des derniers beaux jours de l'été pour ton voyage, et puisse Dieu t'aider à l'accomplir heureusement !

— Mon père ! répondit Michaelow d'une voix tremblante d'émotion en se laissant tomber à genoux devant le prince, donnez-moi votre bénédiction; car je suis Florent, le fils de Matinka et le vôtre. »

Menzikoff ne put en croire ses oreilles. Il resta un moment immobile comme une statue, sans abaisser la main qu'il avait déjà levée pour bénir son enfant. Son regard cherchait, avec une visible anxiété, à trouver dans les traits de Florent la confirmation des paroles que celui-ci venait de prononcer.

« Quoi ! balbutia-t-il enfin, tu serais...?

— Oui, je suis Florent, le fils de Matinka et le vôtre. Comme vous voulez que je m'en aille, je désire au moins emporter votre bénédiction; ce sera mon unique héritage paternel et d'ailleurs le plus précieux qui puisse m'échoir. »

Florent dit ces mots d'une voix de plus en plus faible, comme si ses lèvres n'eussent plus eu la force de les proférer.

Ils brisèrent le cœur du vieillard.

« Ton unique héritage paternel? s'écria-t-il d'un ton amer. Oui, tu as raison, mon pauvre fils. Tu as eu pour père un être dénaturé. Oh ! misérable que je suis ! »

En ce moment ses genoux se dérobèrent sous lui, et ses enfants durent l'aider à s'asseoir sur une chaise, tant il semblait épuisé.

« Mon père, reprit Florent avec une inexprimable angoisse, n'avez-vous donc pas une parole affectueuse pour votre fils? Ne voulez-vous pas une seule fois me serrer dans vos bras, afin que je sente votre cœur battre contre le mien?

— L'oserais-je, ô mon pauvre enfant qui as tant souffert? Cruel que j'ai été, suis-je digne de posséder un aussi excellent fils? »

Aussitôt ses bras tremblants s'ouvrirent, et Florent s'y jeta avec une émotion impossible à rendre. Tous deux se tinrent longtemps étroitement embrassés, confondant leurs larmes et leurs sanglots, pendant que les autres enfants pleuraient en silence.

« Assez, mes enfants! assez! supplia Menzikoff. Mon pauvre cœur se brise de joie et de douleur. De grâce, épargnez-moi, faible vieillard que je suis. »

Ne pouvant plus se soutenir, il baissa la tête; mais il la releva tout à coup en s'écriant:

« Et Matinka, et ma fille Hélène, où sont-elles? Car, maintenant que tous les souvenirs du passé se réveillent dans mon esprit, je crois, si ce n'est un rêve, les avoir vues toutes deux à Tobolsk.

— Oui, c'est là, père bien-aimé, que vous les avez vues l'une et l'autre, répondit Florent.

— Et comment ne se sont-elles pas fait connaître? reprit vivement le prince. Comment ont-elles pu me laisser prendre le chemin de l'exil sans me donner un seul mot de consolation? Il est vrai, mon Dieu, que je n'ai pas mérité qu'elles eussent pour moi tant de charité, ajouta-t-il en secouant tristement la tête. Pourtant un seul mot de leur bouche eût été un baume pour mon cœur ulcéré.

— Père, répliqua Florent, croyez bien que ma mère et ma sœur n'eussent rien tant désiré que de pouvoir vous accompagner ici. Avec quelle joie elles eussent partagé votre sort et cherché à vous le rendre moins pénible! Mais elles n'ont pas osé se révéler à vous; et, en gardant le silence, elles ont bien dû faire violence à leur cœur. Ne savaient-elles pas comment vous étiez disposé pour elles?

— A tout prendre, elles ont eu raison, car j'ai été bien cruel à leur égard. Pourtant je n'ai jamais pu vous oublier ni elles ni toi. Votre souvenir n'a cessé de me rester présent, même quand je me trouvais à côté de l'empereur; et, dans la solitude où je me traîne maintenant, il s'est plus souvent encore ravivé dans mon esprit. Oh! dans ce moment je me rappelle la voix de ta mère qui me disait à Tobolsk: « Matinka t'a pardonné! » Mais, pauvre aveugle que j'étais, je n'ai pas reconnu celle qui me parlait ainsi, et le Ciel m'a refusé le bonheur de serrer dans mes bras cette noble femme et mon Hélène bien-aimée!

— Père! reprit Florent, ce bonheur est encore possible pour vous. Ma mère et ma sœur ne sont pas loin d'ici. Dites un seul mot, et elles seront auprès de vous. »

Menzikoff se leva aussitôt comme s'il eût été mû par un ressort caché.

« Où sont-elles? s'écria-t-il avec une impatience fiévreuse. Je veux aller à leur rencontre, les chercher, implorer le pardon de ta mère à deux genoux! »

En même temps il s'avança vers la porte en chancelant.

Mais Florent avait déjà pris les devants. Il rentra, un instant après, tenant d'une main sa mère, et de l'autre Hélène.

Qui pourrait décrire tout ce qu'il y eut d'émouvant dans cette rencontre des deux époux, si longtemps séparés l'un de l'autre? Pendant plusieurs minutes, Menzikoff tint serrées dans ses mains les mains de Matinka, regardant en silence les yeux de la pauvre femme. Quand il vit ceux-ci se remplir de larmes, quand il vit apparaître sur le visage de Matinka ce sourire affectueux et doux qu'elle avait pour lui autrefois, enfin, quand il la vit ouvrir d'elle-même ses deux bras, il s'y jeta avec une joie délirante.

« Oui, chère femme, s'écria-t-il en même temps, tu m'as pardonné! O mon Dieu! ajouta-t-il, vous m'avez pris un ange, et voilà que vous m'en rendez deux, à moi si indigne de votre miséricorde! »

Et tous les enfants de Menzikoff, ceux de Matinka et ceux de la princesse, s'embrassaient avec effusion, comme des frères et des sœurs qui se revoient après une longue absence.

Quand la première émotion de cette touchante entrevue se fut un peu calmée, Menzikoff conduisit Matinka à l'église. Ils y allèrent seuls, voulant, sans aucun autre témoin que le Ciel, remercier le Maître suprême de leur avoir fait la grâce de se réunir sur cette terre. Le toit de l'église n'était pas encore placé; de sorte que le soleil versait en plein ses rayons dans le chœur et sur l'autel. Ce fut le seul luminaire qui éclairât de sa splendeur l'heureux couple agenouillé à l'entrée du sanctuaire et priant avec ferveur.

Dès ce moment, il ne fut plus question de se séparer de nouveau. Mais la scène qui venait de se passer avait donné au vieux prince une de ces secousses que l'on ne subit pas impunément. Quoiqu'il éprouvât un bonheur inexprimable, il sentit toutes ses forces ébranlées. Il ne lui restait plus qu'à voir s'accomplir un seul désir, et ce désir se réalisa. La modeste église fut couverte de son toit avant la fin de l'été. Un prêtre y fut attaché pour faire le service divin. Quand le dernier coup de hache ou de marteau y eut été donné, quand le dernier bruit des outils des ouvriers se fut éteint, on entendit une cloche résonner sous le modeste dôme de bois, pour appeler les habitants de Bérézow à la cérémonie de la consécration du petit temple. A cet appel, si impatiemment attendu, les fidèles accoururent en foule. Les cierges brûlaient sur l'autel, et répandaient leur douce lumière sur une image de la Vierge, splendidement vêtue, et sur les tentures richement brodées qui l'entouraient. C'était l'ouvrage des filles de Menzikoff. Bientôt la cérémonie commença. Quand elle fut terminée, toute l'assistance se mit sur deux rangs, et forma une haie au milieu de laquelle on vit s'avancer vers l'autel un vieillard et une femme déjà avancée en âge, suivis de trois belles jeunes filles et de deux jeunes garcons. C'étaient Menzikoff, Matinka et leurs enfants. La main et la parole du prêtre bénirent de nouveau une union que l'orgueil et l'ambition avaient rompue bien des années auparavant, et la cloche sonna, à trois reprises, trois coups, comme pour ajouter la voix du Ciel à celle du prêtre.

Cependant toute l'énergie du prince paraissait épuisée, et, depuis ce jour, il s'affaiblit d'une manière de plus en plus visible. A la vérité, il avait retrouvé le bonheur. Il s'était réconcilié avec Dieu, avec sa femme si injustement répudiée, et avec sa propre conscience. Que pouvait-il lui manquer encore? Il était heureux au milieu des siens. Toutefois, ce qui le rendait plus heureux encore, c'était la pensée de l'éternité, dont son Sauveur lui avait ouvert si miséricordieusement l'entrée. Aussi, dès lors, il ne partagea son temps qu'entre sa famille et Dieu. Toute sa vie n'avait été qu'une suite de luttes et d'orages; sa fin devait être d'autant plus calme et plus sereine. Il sentit avec la plus grande tranquillité d'esprit diminuer ses forces, et ce fut avec une douce résignation qu'il se coucha dans le lit d'où il ne devait plus sortir vivant. Il ne cessait de s'entretenir avec sa femme et ses enfants de la joie qu'on doit éprouver à se revoir mutuellement dans l'éternité; et c'est dans cette consolante croyance qu'il rendit le dernier soupir, le 2 novembre 1729. Le sourire de bonheur qui avait constamment éclairé le visage du malade, la mort même ne put l'effacer. Il y resta fixé jusque dans la tombe.

La famille exilée passa l'hiver dans le deuil où la perte du prince l'avait plongée. Mais, avant que les premiers signes du retour du printemps se fussent montrés, on reçut tout à coup à Bérézow la nouvelle de la mort du jeune empereur Pierre II. Il avait succombé aux atteintes de la variole, et sa puissance avait disparu comme une fumée au souffle du vent. Peu de temps après, Élisabeth, fille de Pierre le Grand, monta sur le trône de Russie. Un des premiers actes de son règne fut de gracier l'infortuné Menzikoff et de lui restituer tous ses domaines et tous ses biens. Mais celui-ci n'avait plus besoin de la faveur des souverains terrestres : le suprême souverain l'avait peut-être déjà admis dans son sein. Cependant les bonnes grâces de l'impératrice purent rendre aux enfants de l'exilé leur fortune et leur haute position dans le monde, sauf aux enfants de Matinka, qui rentrèrent dans leur obscurité. Heureusement l'infortune avait été pour les filles et pour le fils de la princesse une école où ils avaient puisé la sagesse et la bonté du cœur.

« Mon frère, dit le prince Alexandre à Florent en le serrant dans ses bras, ce qui est à moi est à toi aussi. Restons toujours l'un pour l'autre un frère dévoué. »

Il tint un langage pareil à Matinka et à Hélène. Les jeunes princesses firent de même. Et tous trois gardèrent fidèlement leur promesse.

Ils reprirent tous ensemble le chemin de Saint-Pétersbourg, où ils passèrent le reste de leurs jours dans l'union la plus affectueuse, et où l'oncle Simonow ne tarda pas à rejoindre sa sœur et le reste de sa famille. Plus tard, quand les deux princesses se furent mariées à deux grands seigneurs de l'empire, et que le prince fut parvenu aux plus hautes dignités, aucun d'eux ne rompit l'indissoluble lien que la communauté du malheur et une fidélité réciproque avaient établi entre eux. Cependant les plus heureux de tous ce furent Matinka et ses enfants; car ils ne voulurent pas sortir de leur humble condition. De toutes les richesses que le jeune prince leur avait offertes ils n'avaient accepté que ce qui était nécessaire pour leur permettre de vivre modestement. Quand Alexandre ou ses sœurs venaient faire visite à Matinka, à leur frère et à leur sœur, et qu'ils étaient témoins de leur bonheur domestique, ils ne pouvaient s'empêcher de leur dire avant de les quitter :

« Vous êtes bien plus heureux que nous; car vous êtes satisfaits, et nous ne sommes que riches. »

Tout au nord de la Sibérie, se trouve encore aujourd'hui le

tombeau de Menzikoff. Bien loin de là repose sa deuxième femme, et plus loin encore, dans le voisinage de Moscou, dorment du sommeil éternel Matinka et ses enfants. Vienne le grand jour du Seigneur, et ils seront tous réunis pour ne plus se séparer.

FIN

TABLE

6440. — Tours, impr. Mame.

www.ingramcontent.com/pod-product-compliance
Ingram Content Group UK Ltd.
Pitfield, Milton Keynes, MK11 3LW, UK
UKHW031853260826
14628UKWH00002B/752

9 782019 705473